O Estigma Oculto
2

Copyright © 2022 Ryuho Okawa
Edição original em japonês: Shousetsu Jujika no Onna 2 –
Fukkatsu hen © 2022 Ryuho Okawa
Edição em inglês: © 2022 The Unknown Stigma 2 –
The Resurrection
Tradução para o português © 2022 Happy Science

IRH Press do Brasil Editora Limitada
Rua Domingos de Morais, 1154, 1º andar, sala 101
Vila Mariana, São Paulo – SP – Brasil, CEP 04010-100

Todos os direitos reservados.
Nenhuma parte desta publicação poderá ser reproduzida, copiada, armazenada em sistema digital ou transferida por qualquer meio, eletrônico, mecânico, fotocópia, gravação ou quaisquer outros, sem que haja permissão por escrito emitida pela Happy Science – Happy Science do Brasil.

ISBN: 978-65-87485-41-6

ROMANCE

O Estigma Oculto 2

⟨A Ressurreição⟩

Ryuho Okawa

IRH Press do Brasil

1.

Quão longe será que subi aos céus? Santa Agnes ascendeu com a detetive Yuri Okada, mas perdeu-a de vista no meio do caminho, ao passar pelo Reino da Luz da sexta dimensão, onde se reuniam especialistas de todos os tipos. Nos níveis mais elevados desse reino, parece que também se encontravam deuses étnicos, que poderiam ser considerados como "pequenos deuses".

Santa Agnes, no entanto, continuou ascendendo e atravessou uma, duas, três telas transparentes, invisíveis a olho nu, até alcançar um mundo chamado Reino dos Bodhisattvas da sétima dimensão. Havia uma grade branca de ferro ao redor de um jardim semelhante àqueles que enfeitam as mansões das embaixadas estrangeiras, cheio de rosas de todas as cores em plena floração. O portão central foi aberto. Uma névoa branca flutuava pelo chão, até um pouco acima de seus joelhos.

Quando Santa Agnes cruzou o portão, cerca de dez freiras vieram recebê-la. Acompanharam-na até a sala de recepção de uma casa de hóspedes. O espaço estava todo decorado de branco, e sobre uma mesa de mármore havia um vaso com rosas vermelhas, amarelas e brancas, muito bem arranjadas. A porta se abriu e, de repente, entrou Madre Teresa de Calcutá.

Falecida havia um bom tempo e conhecida como a Santa da Índia, Madre Teresa fundou um asilo em Calcutá chamado Casa dos Moribundos. Santa Agnes conhecia pelo menos esses poucos dados a respeito dela.

– Agnes, você se portou muito bem. Sempre comemorávamos seus feitos daqui, da sétima dimensão.

– A senhora é Madre Teresa, não? Minha alma não merece ser convidada para um lugar como esse. Cometi muitos pecados e até cheguei a matar algumas pessoas. Imagino que a senhora tenha sido enviada como sacerdotisa para ouvir minha confissão – disse Agnes.

– Não, não. Fiz você passar por aqui porque queria conhecê-la – disse Madre Teresa.

– Meus pecados serão perdoados?

– Só quero que você descanse um pouco aqui, pois foi o que Jesus me pediu que fizesse com você. Você trabalhou duro.

Assim que Madre Teresa terminou a frase, alguém bateu à porta. Era outra freira trazendo chá Darjeeling, *muffins* brancos e geleia de morango.

– Ah, obrigada. Mas, se me permite, não é estranho que uma pessoa morta como eu continue comendo e bebendo? – perguntou Agnes.

– Você se afastou do mundo dos humanos há pouco tempo – disse a irmã Marta. – Portanto, ainda deve ter seus sentidos físicos. Conseguirá sentir o gosto do chá e dos *muffins*.

– Descanse um pouco e prepare-se para sua próxima jornada – disse Madre Teresa.

– Aqui não é o convento onde irei morar? – Agnes perguntou.

– Não, não será aqui. Você vai se encontrar com um ser mais elevado e receberá orientações para seus planos futuros – respondeu Madre Teresa.

– Mas ainda não recebi uma avaliação final de Sua Excelência, o arcebispo Inácio, de Tóquio, sobre os meus poderes, se são de Deus ou do demônio.

– Gosto da sua humildade – disse Madre Teresa. – Mas você só havia cumprindo metade da sua missão. Foi pega no meio de uma terrível batalha, não foi? Depois que tiver descansado um pouco, vá até Jesus. Sou a diretora deste convento; portanto, receio não poder acompanhá-la.

– Mas como poderei ver Jesus Cristo?

– Você tem asas brancas nos ombros, não está vendo? Elas irão transportá-la – disse Madre Teresa.

Foi apenas naquele instante que Agnes se deu conta de que tinha grandes asas de anjo projetando-se dos seus ombros, como nas pinturas da Basílica de São Pedro. Seu corpo todo estava envolto numa túnica santificada, branca, rendada. Seu peito havia parado de sangrar.

— Você é a única freira a quem Jesus deu o estigma em forma de cruz. Precisa descobrir mais a respeito de quem você realmente é.

Dito isso, Madre Teresa saiu da sala. Após um breve momento, o convento começou a se dissolver, como se fosse uma miragem. Uma freira que ficara no jardim disse: — Muito bem, é por ali — apontando o dedo em direção ao céu.

As asas nos ombros de Agnes começaram a bater. Mais uma vez, ela atravessou três telas finas e transparentes e entrou num mundo onde árvores douradas erguiam-se de areias prateadas.

Era o Reino dos Tathagatas, da oitava dimensão, um mundo onde os santos de várias religiões, como o cristianismo, o budismo, o islamismo, o taoismo, o hinduísmo e o xintoísmo japonês, passavam momentos agradáveis caminhando e conversando.

Apareceu, então, um frade que se apresentou como Francisco de Assis. Vestia um uniforme eclesiástico preto e ostentava um círculo dourado, como um halo, na parte posterior da cabeça.

– Agnes, siga-me – disse Francisco.

Ele segurou a mão direita dela com a sua esquerda e ascenderam ainda mais. De novo, passaram por uma tela dimensional fina e transparente, depois outra, e finalmente desceram ao atingirem a terceira tela.

Ali, Jesus Cristo cumprimentou Agnes. Era como se ele tivesse saído de uma esfera de luz. Jesus colocou dois dedos de sua mão direita no alto da cabeça de Agnes e abençoou-a.

– Vou levá-la ao Senhor Deus. Esta é uma ocasião como nenhuma outra.

Enquanto dizia isso, Jesus conduziu Agnes e os dois atravessaram o portal de fogo ardente da nona dimensão. Agnes viu-se fazendo uma profunda reverência diante do trono.

Jesus Cristo falou:

– Agnes, aqui está o Senhor Deus. Ele às vezes é chamado também de Alpha, Elohim ou El Cantare.

Agnes não conseguia olhar diretamente para o Senhor. Era como se aquele palácio fosse todo feito de diamantes.

O Senhor lhe disse:

– Agnes, sua missão ainda não terminou. Ressuscite.

Tudo aquilo parecia um sonho. O que aconteceria em seguida?

– Você é um dos quatro Serafins – ecoou a voz.

2.

– Aaaahhh – gritou Agnes quando começou a cair bruscamente. Estava meio zonza.

Ela percebeu que estava sendo escoltada à direita por um lindo anjo de aparência branca com cabelos dourados; não dava para discernir se era masculino ou feminino.

– Sou o arcanjo Gabriel. Recebi ordens para protegê-la enquanto segue adiante – ecoou a voz dentro do coração dela como uma mensagem telepática.

Era um jovem anjo do sexo masculino, que aparentava ter uns 30 anos de idade.

– Você é o arcanjo Gabriel, aquele que fez o anúncio à Virgem Maria?

– Se isso torna mais fácil a sua compreensão, você pode pensar assim. Eu também sirvo como mensageiro que conecta o mundo celestial com o mundo terreno.

Assim que Gabriel disse isso, eles atravessaram as nuvens e o mundo terreno apareceu.

Agnes viu de novo o Acampamento Ichigaya, das Forças de Autodefesa de Tóquio. Caminhões de bombeiros haviam lançado água no local, e o fogo parecia ter sido controlado. Ela desceu e entrou na sala que havia sido palco da última batalha. Agnes, na forma de um anjo, viu seu corpo morto, que havia parado de respirar. Também estavam espalhados por ali os corpos dos membros da Primeira Divisão de Investigação Criminal, das Forças de Autodefesa e do Ministério da Defesa. Agnes não tinha certeza se estavam vivos ou mortos. Viu o sangue escorrendo do peito do seu próprio cadáver desaparecer aos poucos e o buraco de bala se fechar. Então, percebeu que um fio prateado muito fino projetava-se da parte de trás da cabeça de seu cadáver e conectava-se à cabeça de si mesma na forma angelical. Num segundo, o corpo espiritual de Agnes foi sugado de volta para o seu corpo físico.

De repente, ela abriu os olhos.

— Bem, seja como for, preciso fugir já deste lugar. Dizendo isso, levantou-se e saiu correndo da sala. O lugar estava tão caótico que ninguém tentou impedi-la. Havia uma grande tensão no ambiente porque as pessoas tinham muito receio de serem atingidas por um segundo míssil balístico intercontinental, um MBIC.

Agnes fugiu para a cidade mais próxima. Não tinha para onde ir.

— É isso! O apartamento de Set-chan! Preciso dar um jeito de chegar lá.

Set-chan estava cuidando do Tachibana, uma casa noturna em Gotanda. Lá era conhecida como Setsuko Nikaido, pseudônimo inspirado no nome de uma atriz japonesa, Fumi Nikaido.

Sem dúvida, havia alguma semelhança entre a atriz e Set-chan.

Agnes não queria voltar a levantar suspeitas, então decidiu usar o nome secular que havia inventado — Suzu Nomura. Subiu até o segundo andar daquele prédio de apartamentos populares e bateu à porta do número 205. Setsuko atendeu.

— Ei, isso são horas?

Setsuko parecia um pouco mal-humorada, mas uma visita à meia-noite e meia não chegava a ser um grande incômodo para alguém que trabalhava num bar noturno.

— Ah, meu Deus, é você, Suzu — Setsuko disse depois de abrir a porta.

— Bem, entre!

— Obrigada.

Já fazia um tempo desde a última vez que Suzu visitara aquele velho apartamento.

— Você foi embora de repente, e agora volta, também de repente! — disse Setsuko.

— Eu não sabia mais para onde ir.

— Você foi pega pelos policiais?

— É, acho que foi mais ou menos isso.

— Sua roupa está toda coberta de manchas de fuligem e seu rosto está muito sujo. Você está parecendo o Jean Valjean, de *Os Miseráveis*, fugindo do submundo.

– Puxa, você poderia pelo menos ter me comparado a Cosette, a filha, não acha?

– Vá se lavar primeiro, e então vou poder chamá-la de Cosette. Desse jeito, você está escondendo todo esse seu belo rostinho.

Suzu Nomura tomou uma ducha. Tanto a marca de bala quanto o sangue em seu peito haviam desaparecido, embora a mancha em forma de cruz ainda permanecesse.

Quando Suzu saiu do chuveiro, enrolada numa toalha de banho, viu que Setsuko havia arrumado um pijama para ela. Setsuko era uns cinco centímetros mais alta que Suzu, então aquele pijama com estampa de morangos ficou bem comprido e folgado nela. Mas Suzu se sentiu à vontade.

– Fique tranquila, não vou contar a ninguém. Mas, me conte, de que presídio você fugiu? – perguntou Setsuko.

– Não foi de nenhum presídio, eu fugi foi do Acampamento Ichigaya, das Forças de Autodefesa.

– Veio no último trem?

– Algo assim.

– Vi pela tevê que caiu um MBIC da Coreia do Norte bem em cima da base das Forças de Autodefesa. Ainda bem que não era um míssil nuclear, pois disseram que Tóquio seria arrasada se a Coreia do Norte lançasse em seguida um míssil nuclear. Já tem um monte de gente fugindo de carro de Tóquio.

– Mas precisamos sobreviver a todo custo.

– Não entendo muito de política internacional, mas parece que Taiwan está reagindo a um ataque de mísseis da China.

– As nossas ilhas Senkaku também foram ocupadas pelos chineses, e eles afundaram cinco navios da Guarda Costeira do Japão (GCJ). Além disso, aviões russos dos Territórios do Norte bombardearam Sapporo, e ouvi dizer que aquilo virou um mar de fogo – continuou Setsuko.

– Está a maior confusão. As pessoas não sabem para onde correr ou o que fazer.

– Nosso primeiro-ministro Tabata está desaparecido. Quem sabe o que pode acontecer!

Setsuko preparou lámen instantâneo para Suzu, como da última vez.

– Quero comer de novo o lámen do Sangenjaya – disse Suzu baixinho enquanto sorvia seu macarrão.

Nessa hora, grandes lágrimas escorreram pelo rosto de Suzu. Setsuko se surpreendeu ao ver isso.

Ficou um tempo em silêncio, enquanto ouvia o ruído do macarrão instantâneo sendo sorvido.

3.

Setsuko fez Suzu Nomura passar um dia inteiro descansando.

Na tarde do segundo dia, preparou uma omelete simples com arroz para Suzu, enquanto a jovem assistia ao noticiário na tevê. Ficou feliz em ver Suzu comendo alegremente o prato com uma colher, mostrando seus dentes brancos enquanto sorria.

– Muito bem, agora preciso lhe dizer uma coisa relativamente importante, por isso preste atenção – disse Setsuko. – Várias pessoas vieram até o Bar Tachibana para investigar – de gangues a policiais, até gente das Forças de Autodefesa e do Ministério da Defesa. Vieram também uns caras da Embaixada dos Estados Unidos, da Embaixada da Coreia do Norte e da Embaixada da China. Todos estão à sua procura.

– Isso é um problema. Será que fui incluída na lista internacional de pessoas procuradas?

– O Aoi, nosso gerente, vem fazendo um bom trabalho, lidando bem com eles todos, e nosso *barman* Imagawa sabe como tratar o pessoal das gangues. Segundo o que ouvi, o chefe daquela famosa Família Motoyama foi nocauteado por uma jovem, que o agarrou pelo colarinho e o atirou contra o teto. Que força sobre-humana, não? Dizem que ela entortou a metralhadora como se fosse feita de goma, e que conseguiu desviar todas as balas disparadas para que não atingissem o alvo. Quer dizer, foi como no filme *Matrix*. Como se ela fosse o Keanu Reeves em ação. Ao que parece, até a espada japonesa deles foi feita em pedaços por ela. Os membros sobreviventes da gangue estão assustados, mas ainda tem muita gente atrás dessa jovem. Nosso gerente consegue dispensá-los, diz que nossa adivinha, a Natalie, é clarividente e recebe mensagens espirituais, mas que nunca conseguiu entortar nada, nem mesmo uma colher.

— Nossa, sinto muito estar causando tantos problemas.

— Mas aquele gângster, o Goro Ichikawa, foi preso e testemunhou que a foto de Natalie o lembrava de uma colegial que ele havia estuprado em Nagoya. Contou que ela enlouqueceu e virou um monstro depois que os quatro a estupraram. Disse que ela provavelmente devia andar por aí desejando muito se vingar deles. Agora que a polícia já tomou conhecimento desses quatro marginais de Nagoya, parece que começou a investigar o caso. Bem, eu não disse uma palavra sobre você, é claro.

– Então vou deixar a polícia cuidar disso. Não tenho mais nenhum ressentimento contra ninguém no momento, e quanto àquele incidente, a essa altura só posso encará-lo como "meu calvário", algo que me ajudou a crescer – disse Suzu.

– Uau, você mudou, hein? Parece que o seu nível de "santidade" aumentou. Quer voltar a ler a sorte ali com a gente? – perguntou Setsuko.

– Ah, não, acho que não consigo mais fazer isso.

– A propósito, no caso da Família Motoyama, a tal jovem ajudou bastante os policiais da Primeira Divisão de Investigação Criminal, mas depois que as Forças de Autodefesa deram cabo dela, parece que eles também desapareceram – disse Setsuko.

– Eles estão no Acampamento Ichigaya, mortos ou feridos.

– Lá, onde o MBIC explodiu?

– É, e foi a primeira vez que vi uma batalha entre as Forças de Autodefesa e a Primeira Divisão de Investigação Criminal – disse Suzu.

– Certo. Acho que eu entendi mais ou menos o que aconteceu. Mas você não vai conseguir fugir nem por uma semana, porque a Agência de Segurança Pública está atrás de você, e a "Divisão sei lá o quê" do Ministério da Defesa também está querendo capturá-la.

– Humm... E você sabe alguma coisa de Taneda, meu pai? – Suzu perguntou.

– Parece que está hospitalizado, mas você não deve ir vê-lo agora. Isso causaria problemas para sua família, e aposto que as autoridades já devem estar de olho nos seus familiares.

Suzu começava a entender a situação em que se metera.

— Talvez eu devesse voltar para a igreja — disse ela.

— Se você é uma "Keanu Reeves" de saia, com certeza a igreja irá demonizá-la e deixá-la confinada em algum canto do convento. Não vá para lá agora.

— E o que devo fazer então?

— Pelo jeito, quem conseguir pegar você primeiro, não importa se é a Agência de Segurança Pública ou o Ministério da Defesa, será o vencedor. Eu conheço um cara, o senhor Onuki, que é diretor de uma produtora de talentos da área religiosa. Talvez ele possa ajudá-la — disse Setsuko.

Onuki ficara de visitá-las no dia seguinte, mas o telefone de Setsuko já havia sido grampeado pela Agência de Segurança Pública.

Trinta minutos depois, vinte membros da Equipe Tática Especial cercaram o apartamento de Setsuko. Suzu calmamente se entregou a fim de não causar nenhum problema a Setsuko.

Um ônibus da segurança com janelas protegidas por barras de ferro levou-a até o Departamento de Polícia Metropolitana.

Santa Agnes, também conhecida como Suzu Nomura, seria investigada de novo pelo Departamento de Polícia Metropolitana.

A Agência de Segurança Pública e a equipe especial da Primeira Divisão de Investigação Criminal formaram uma aliança temporária de cooperação.

O diretor Jiro Sugisaki e o diretor Kenichi Nakayama, da Primeira Divisão de Investigação Criminal, que haviam sobrevivido ao incidente, ficaram aliviados por terem conseguido a detenção de Agnes.

O diretor Anzai, da Agência de Segurança Pública, também queria resolver aquele último caso misterioso.

Eles descobriram o que havia acontecido com a equipe Yamasaki. A única pessoa que conseguira voltar às suas funções havia sido o detetive Mitsuru Noyama, de Nagoya. Todos os demais tinham pouca chance de sobreviver.

Eles também ficaram sabendo das mortes do diretor-geral de missões especiais do Ministério da Defesa, Hideki Takahashi, e do diretor Mitsuo Maejima, além da morte de Takao Hirose, chefe de pessoal da Força Aérea de Autodefesa.

Eles precisavam encontrar um modo de encobrir as mortes e limpar os vestígios de todo aquele incidente de maneira convincente. Depois, a única coisa que lhes restaria seria descobrir o que fazer com os poderes especiais de Agnes e com a guerra.

4.

Kenichi Nakayama, diretor da Primeira Divisão de Investigação Criminal, e Nobuyuki Anzai, diretor da Agência de Segurança Pública, decidiram promover uma investigação conjunta fora da rotina sobre os poderes sobrenaturais de Agnes, também conhecida como Suzu Nomura.

— Seja como for — disse Nakayama —, precisamos descobrir que tipo de poderes sobrenaturais ela tem e o quanto são de fato efetivos. De repente, podemos utilizar seus poderes de maneira extralegal como armas secretas do nosso país, como diz o Ministério da Defesa.

— Se ela usar seu verdadeiro poder, nossas armas de fogo não funcionarão nela. É provável que ela consiga nos transformar à distância em cadáveres. Portanto, não temos alternativa a não ser tratá-la com gentileza e pedir que coopere conosco — concordou Anzai.

– Quanto ao responsável pelo comando, nossa divisão vai nomear o chefe Naoyuki Yamane – disse Nakayama. – É um ex-agente do Serviço Secreto, portanto suas aptidões em judô, *kendô*, caratê, tiro, técnicas de detenção e tudo mais são bem acima da média. Além disso, é um bonitão, parece aquele ator, o Yamapi, ou Tomohisa Yamashita, por isso Agnes hesitaria em matá-lo. Vamos torcer para que ela se torne tipo namorada dele e passe a ser uma arma secreta da nossa Polícia Metropolitana.

– Então vamos nomear também a chefe Haruka Kazami. Ela se formou na Universidade de Tóquio, é muito esperta. Também é boa em ler a mente das pessoas, portanto será capaz de cuidar dos sentimentos de Agnes. É parecida com a atriz Haruka Ayase, e também teria se saído bem como atriz de filmes de ação. Costumamos chamá-la de a "Haruka Ayase da Agência de Segurança Pública", disse Anzai.

– Isso vai ser suficiente. Vamos usar essas duas pessoas e, se necessário, mandaremos apoio adicional.

Agora, o chefe Naoyuki Yamane e a chefe Haruka Kazami estavam diante de Agnes numa sala, enquanto o diretor Sugisaki, o diretor Nakayama, da Primeira Divisão de Investigação Criminal, e Anzai, diretor da Agência de Segurança Pública, ficavam observando através do vidro espelhado.

O chefe Yamane foi o primeiro a falar. Tinha uma expressão facial determinada e poderia até passar por um empresário de alguma companhia comercial de alto nível.

– Senhorita Agnes. No momento, o paradeiro do primeiro-ministro Tabata é desconhecido. Sabe onde ele pode estar?

– Está escondido num escritório do reservatório subterrâneo de água, perto do Edifício do Governo Metropolitano, em Shinjuku, por medo de um ataque com míssil nuclear – respondeu Agnes.

– Você consegue ver isso?

– Sim, posso ver claramente quando concentro meus pensamentos.

– E o que o primeiro-ministro está fazendo no momento?

– Ele instalou várias tevês pequenas para poder acompanhar de perto a situação. Parece estar se comunicando com outras pessoas por meio de memorandos de papel, pois teme que uma ligação telefônica possa ser interceptada por espiões estrangeiros.

– Então quer dizer que, pelo menos por enquanto, ele está bem.

– Estou vendo também um médico e duas enfermeiras ao lado dele. As outras cinco pessoas ali devem ser do Serviço Secreto.

"Uau! Ela é boa mesmo!" – exclamou mentalmente o chefe Yamane.

– O que vai acontecer com o Japão? – a chefe Kazami perguntou.

– O futuro será criado pelos pensamentos e ações de muitas pessoas, então não sou capaz de dizer. Mas, sem dúvida, esta é a maior crise do país desde que foi fundado.

– Imagino que nós, da polícia, não temos muito mais a fazer, não é? – interveio Kazami.

– Bem, penso que a Agência de Segurança Pública poderia bloquear os espiões da China, da Rússia e da Coreia do Norte que estão infiltrados no Japão. Agora que o presidente americano foi assassinado, a CIA também está investigando ativamente.

– O quê?! O presidente dos Estados Unidos foi assassinado? – Yamane e Kazami gritaram ao mesmo tempo, assustados.

– Isso ainda não foi noticiado por nenhum canal de tevê ou jornal – disse Agnes. – Mas o presidente Obamiden foi morto por pequenos mísseis lançados de drones enquanto jogava golfe. E agora, a vice-presidente, Deborah, uma mulher negra, é a presidente em exercício.

– Este é um grande problema para a defesa do Japão – disse Kazami.

– O assassino foi um americano? Ou um terrorista estrangeiro? – Yamane perguntou.

– O cérebro por trás disso é o presidente russo Rasputin, que acredita que o presidente americano tramou contra ele na Guerra da Ucrânia, mas os perpetradores são terroristas escolhidos a dedo entre imigrantes latino-americanos.

– Não é à toa que o Ministério da Defesa queira essa garota mais do que nós – disse Kazami.

– Mas quando penso nas mortes da equipe Yamasaki, definitivamente quero tomar conta de Agnes aqui no Departamento de Polícia Metropolitana – disse Yamane.

– O chefe Yamasaki foi morto com dez tiros de metralhadora, apesar de estar exibindo seu distintivo policial – disse Agnes. – Ele não teria sobrevivido nem que estivesse usando um colete à prova de balas. Quanto ao detetive Doman Yogiashi, uma bala penetrou no seu olho esquerdo. Acho que nem a arte do *onmyodo*, o caminho do *yin* e *yang*, será suficiente para salvá-lo. O detetive Mitsuru Noyama foi atingido por duas balas na coxa direita, mas deve conseguir se recuperar se as balas não tiverem perfurado os ossos.

– O que aconteceu com a detetive Yuri Okada? – a chefe Kazami quis saber.

– Ela ascendeu comigo ao longo do Mundo Espiritual, mas acabei perdendo-a de vista pelo caminho.

– Então está dizendo que você também morreu com ela?

– Parece que é esse o caso, mas milagrosamente ressuscitei – respondeu Agnes.

– Você é imortal? Talvez seja como o Wolverine – disse Yamane.

– Humm, acho que este não é um bom exemplo. No meu caso, há um sentido mais religioso.

– Você está dizendo que seu caso foi como a ressurreição de Jesus Cristo? – disse Kazami.

– Sim, e o próprio Jesus me ajudou também.

– Bem, isso não me surpreende, já que você é Santa Agnes, certo? – disse Yamane. – E que tal se eu reconhecer você como santa, já que o Vaticano não fez isso? Diga, se eu fosse morto a tiros, você seria capaz de me trazer de volta à vida?

– Talvez, se houver amor – respondeu Agnes.

– O que você quer dizer com isso?

– Morra, se você é um cara ruim. Foi isso que ela quis dizer – Kazami interveio.

– Ai! – exclamou Yamane.

E assim terminou a entrevista do dia. Os policiais que haviam visto tudo pelo vidro espelhado concluíram que os poderes de Agnes deveriam ser reportados ao ministro do gabinete por meio do superintendente-geral e do comissário-geral da Agência Nacional de Polícia.

Decidiram que, por enquanto, Agnes dormiria num quarto especial dentro do Departamento de Polícia Metropolitana.

5.

Naquela noite, Agnes sonhou que Okinawa estava em chamas. O campo de pouso da base marítima de Henoko, em forma de convés, sofrera muitos danos por mísseis lançados de submarinos. Os helicópteros Osprey haviam sido incendiados ou derrubados, portanto não havia como enviar soldados às ilhas Senkaku. O exército chinês estava construindo a todo vapor uma base fortificada de mísseis nas ilhas.

Oito navios da GCJ se aproximaram das ilhas e fizeram uma advertência em chinês. Mas havia cerca de 3 mil barcos pesqueiros chineses espalhados pelo mar, e eles atacaram com mísseis lançados por drones e afundaram os navios da GCJ um por um.

Cinco destróieres da Força de Autodefesa Marítima chegaram ao mesmo tempo às ilhas Senkaku vindos de Sasebo, mas foram atingidos por 500 mísseis daquela base construída às pressas na ilha. Três destróieres afundaram e dois ficaram destruídos.

O Japão não podia revidar porque não havia ordens para isso do primeiro-ministro, que é o comandante civil das Forças de Autodefesa.

Três helicópteros militares antissubmarinos também foram abatidos por foguetes lançados dos barcos de pesca chineses.

Dez jatos da Ala 31 da Frota Aérea partiram de Iwakuni e derrubaram dois jatos chineses, mas todos os jatos japoneses acabaram sendo abatidos pelos mísseis modificados Yamatano Orochi – a nova arma da China, um míssil que se divide em oito mísseis menores para perseguir o alvo.

Um míssil nuclear capaz de circundar o globo caiu na base de Futenma, onde ficavam as principais unidades militares dos EUA, e as chamas resultantes tingiram de vermelho o céu noturno. Um míssil nuclear que circundou a Terra à velocidade Mach 20 veio voando da direção da Austrália. O míssil pretendia isolar Taiwan, que estava sendo atacada junto com as ilhas Senkaku. As Forças de Autodefesa do

Japão não foram capazes de proteger o próprio país, e o primeiro-ministro Tabata não pôde cumprir a promessa diplomática que havia feito a Taiwan de defendê-la caso fosse atacada.

Nem é preciso dizer que os Estados Unidos também estavam desnorteados. A morte do presidente Obamiden ainda estava sendo ocultada; portanto, o governo não podia emitir ordens militares.

Antes que Agnes percebesse isso, seu sonho encaminhou-se para a península da Coreia.

Mísseis nucleares foram disparados de cinco locais da Coreia do Norte e direcionados às cinco principais cidades da Coreia do Sul. Seul era um mar de fogo. O míssil nuclear que tinha Seul como alvo aterrissou em questão de 10 minutos, então o sistema de interceptação dos EUA não funcionou. A Coreia do Norte, por meio de sua Rádio Pyongyang, exigiu que a Coreia do Sul se rendesse. No entanto, a Casa Azul da Coreia do Sul já havia sido atingida pelo míssil nuclear da Coreia do Norte, e não havia ninguém que pudesse negociar com Pyongyang. A Rádio Pyongyang exigiu que cerca de 600 mil soldados sul-coreanos se rendessem. Também anunciou que seria o último dia da base militar americana estacionada no Japão, porque a Coreia do Norte, junto com a China e a Rússia, haviam todas disparado mísseis nucleares ao mesmo tempo.

No Japão, as bases militares americanas e as bases das Forças de Autodefesa foram os principais alvos sob ataque. O ministro da Defesa voltara à sua cidade natal no distrito metropolitano de Osaka, mas o trem-bala já havia sido suspenso e os aeroportos encontravam-se tão destruídos que nem a JAL nem a ANA, as duas maiores companhias aéreas do Japão, estavam operando. A atividade das rádios piratas era tão intensa que o ministro da Defesa não conseguia entrar em contato com Tóquio.

Quedas de energia ocorriam uma após outra nas grandes cidades japonesas. O Japão vinha levando a sério os esforços para substituir os combustíveis fósseis, e quase todas as usinas de energia nuclear estavam inoperantes. Os painéis de energia solar foram bombardeados seguidamente por espiões estrangeiros residentes no Japão. O gás natural vindo da Rússia teve seu fornecimento interrompido.

O Departamento de Polícia Metropolitana, onde Agnes estava, também sofria blecautes de energia de vez em quando, então passaram a operar por meio de geradores internos.

Talvez nem tudo o que Agnes estivesse vendo em seu sonho fosse real. Mas talvez fosse a continuação da realidade presente. Afinal, até mesmo a tevê saíra fora do ar.

"Depois de ser atacado por Coreia do Norte, Rússia e China, o primeiro-ministro Tabata escondeu-se com medo dos mísseis", pensou Agnes. "O presidente dos Estados Unidos está morto. As aptidões políticas da vice-presidente são duvidosas. Mas, se as bases militares dos EUA no Japão forem atacadas por armas nucleares, os Estados Unidos com certeza farão contra-ataques lançados do continente americano, ou do Havaí e de Guam, mesmo que não consigam o apoio das Nações Unidas. Só posso fazer aquilo que sou capaz de fazer", pensou Agnes.

Enquanto ela tinha esses pensamentos, a noite se transformou em dia.

Os principais jornais do Japão – *Asahi*, *Yomiuri*, *Nikkei*, *Sankei*, *Mainichi* e *Tokyo* – estavam sendo atacados. Nenhum deles conseguiu publicar suas edições matutinas.

Os periódicos *Tokyo Sports*, *Daily Sports*, *Nikkan Sports* e *Nikkan Gendai* circulavam pelo Departamento de Polícia Metropolitana, mas nenhum deles fazia menção ao que estava acontecendo no Japão e no resto do mundo.

Um míssil hipersônico da Rússia atingiu a NHK, a emissora pública de rádio e tevê do Japão, incendiando-a. Um míssil da China atingiu a Nippon TV, e dois mísseis do tipo *scud* foram lançados de um submarino não identificado no oceano Pacífico sobre a

Fuji TV. As duas estações de transmissão, a Nippon TV e a Fuji TV, estavam em chamas. As pessoas no Japão ouviam atentamente as notícias pelo rádio, mas as informações eram muito conflitantes. Ficou a cargo dos Estados Unidos e da União Europeia (UE) darem uma resposta à situação.

Depois de tomar um café da manhã bem simples, Agnes foi entregue ao Ministério da Defesa.

O vice-ministro da Defesa para Assuntos Internacionais, Manobe, veio junto com a diretora-assistente Kazumi Suzumoto, sua secretária, para buscá-la. Um carro preto dirigiu-se do Departamento de Polícia Metropolitana, perto do Portão Sakurada-mon, até o Ministério da Defesa pelas ruas de Tóquio – agora uma cidade totalmente envolvida em fumaça negra.

6.

Agnes estava agora diante de Manobe no gabinete do vice-ministro, no Ministério da Defesa. O homem tinha um corpo esbelto para alguém que ocupava um cargo governamental dessa importância, e seus olhos severos por trás dos óculos de armação preta brilhavam como se ele estivesse tentando investigar alguma verdade.

– Você viu como Tóquio amanheceu hoje. Como se sente? – Manobe perguntou.

– Nunca passei por uma guerra real. A única coisa em que estou pensando é o que eu seria capaz de fazer numa situação dessas – Agnes respondeu.

Ela olhou pela janela em direção ao Palácio Imperial. A floresta em volta dele estava em chamas.

– O Palácio Imperial tem um abrigo subterrâneo seguro, então você não precisa se preocupar – Manobe explicou. – Nosso primeiro-ministro está escondido num subsolo bem profundo, para se proteger de bombas atômicas ou de hidrogênio; então, o cargo foi assumido pelo primeiro-secretário do Gabinete, Koichi Mamiya.

Nossa ministra da Defesa, Takasugi, ficou presa no distrito metropolitano de Osaka e ainda não fez seu usual discurso linha-dura. Tanto o vice-ministro sênior da Defesa quanto o vice-ministro da Defesa estão de prontidão em suas casas; por isso, sou temporariamente responsável pelas principais decisões do ministério.

– Não conheço muito bem a estrutura organizacional dos cargos do governo. Por favor, diga se há algo que eu possa fazer pelo senhor. Qual a proporção das Forças de Autodefesa que ainda está operante? – Agnes perguntou.

– Ainda temos cerca de 80% de nossa capacidade militar. Mas, como você sabe, o Japão está sob ataque simultâneo de Coreia do Norte, Rússia e China, e ainda não temos muita certeza de nossa estratégia defensiva.

Nesse instante, a diretora-assistente Kazumi Suzumoto entrou na sala e serviu um chá, desempenhando a função de secretária. Sentou-se e juntou-se à conversa.

– Senhora Suzumoto, qual é a sua função? – Agnes perguntou.

– Pediram que eu lhe desse apoio, senhorita Agnes, no que estivesse ao meu alcance. Pensamos que se sentiria mais confortável se pudesse conversar com outra mulher – disse Suzumoto.

Suzumoto parecia quatro ou cinco anos mais velha que Agnes. Ela estudara no exterior e havia sido contratada como funcionária de alto escalão depois de se formar na Faculdade de Direito da Universidade Keio.

– Creio que podemos começar nos defendendo da Coreia do Norte, porque eles não são capazes de travar uma batalha muito longa – Agnes sugeriu.

– Tem razão – Manobe concordou. – Não podemos fazer nada a respeito da China e da Rússia, a

menos que os Estados Unidos também façam algo.
– A Coreia do Norte lançará outro MBIC na próxima hora. O míssil tem como alvo o distrito metropolitano de Tóquio – disse Agnes.
– Mas há 40 milhões de pessoas vivendo aqui! – exclamou Suzumoto.
– É por isso que precisamos garantir que ele não atinja o chão.
– Mas como? – perguntou Manobe.
– Vou pedir que Deus altere sua trajetória.
– Não que eu duvide de você, mas isso é de fato possível? – Suzumoto perguntou.
– Estamos falando do Senhor Todo-Poderoso. E não há nada que o Senhor Todo-Poderoso não possa fazer – disse Agnes.

Manobe e Suzumoto entreolharam-se.

– Humm, parece que o MBIC já foi disparado. Foi lançado numa trajetória elevada, e tem como alvo este edifício aqui do Ministério da Defesa – disse Agnes.

Manobe pensou: "Nem mesmo um míssil PAC-3 (*Patriot Advanced Capability-3*) é capaz de abater um MBIC lançado a uma altitude de 6 mil quilômetros antes de cair. Além disso, o Acampamento Ichigaya não está mais funcionando, pois sofreu consideráveis danos. Será que podemos interceptá-lo a partir da Base Yokota?"

– Não, não precisamos de um míssil para interceptar o MBIC deles. Vou rezar a Deus e lançar o comando: "Sim, meia-volta" – garantiu Agnes, como se tivesse ouvido os pensamentos de Manobe.

Dizendo isso, Agnes ajoelhou-se no chão e assumiu uma postura de oração. Não estava vestida como freira, e sim com um elegante terninho azul-marinho. Seria suficiente.

– Atenção, MBIC lançado da Coreia do Norte, você deve dar meia-volta e retornar. Voe em direção ao monte Paektu.

Ela rezou e rezou.

Já haviam se passado uns 15 minutos quando Manobe recebeu um memorando despachado pelo chefe de gabinete do Estado-Maior Conjunto: "O MBIC está indo na direção oposta". Não demorou muito e o MBIC espatifou-se contra a encosta do monte Paektu – o local de nascimento da Coreia do Norte e, portanto, solo sagrado do país.

O monte Paektu sofreu uma tremenda explosão. O comando "Sim, meia-volta" havia sido bem-sucedido. Bombas vulcânicas caíram pesadamente no centro de Pyongyang e no nordeste da China, seguidas por uma massa de cinzas. Lava em abundância também foi expelida. A base de mísseis nucleares da Coreia do Norte ficou praticamente destruída pela lava, e os sítios de mísseis nucleares do nordeste da China foram igualmente desativados.

Bombas vulcânicas caíam sem parar sobre Pyongyang. Cinco dublês de corpo do secretário-geral Kim Show-un morreram. O verdadeiro ditador ainda estava escondido num abrigo subterrâneo. Esse abrigo ficava a 1,5 quilômetro de profundidade e era capaz de resistir tanto a bombas atômicas quanto de hidrogênio, e tinha passagens subterrâneas que se espalhavam em todas as direções.

Em seguida, Agnes ofereceu ao Senhor Deus uma "Oração pelo Grande Terremoto". Um terremoto de magnitude 9,0 atingiu então o subsolo de Pyongyang. Edifícios de todos os tipos desabaram.

Por meio de sua aptidão especial de visão remota, a própria Agnes já havia visto a mudança de rumo dos eventos que estava sendo reportada ao Ministério da Defesa pela Agência de Meteorologia: a erupção do monte Paektu e o resultante terremoto de magnitude 9,0 com epicentro em Pyongyang. Segundo o relatório, eles ainda precisavam confirmar se o que ocorrera era de fato um terremoto ou uma explosão nuclear em um abrigo subterrâneo.

A Força Aérea de Autodefesa despachou um F-35 e confirmou a erupção e a fumaça vinda do monte Paektu junto com fluxos piroclásticos.

– Ufa...– Agnes soltou um longo suspiro.

Manobe e Suzumoto ficaram abismados com os poderes extraordinários de Agnes.

"Ela é a arma secreta do Japão", pensou Manobe.

Enquanto isso, Suzumoto sentia que "Ele" também estava contribuindo com seu poder. Pensava no líder religioso número um do Japão, formado na mesma escola que Manobe.

7.

Enquanto isso, na Embaixada do Japão na Rússia, o embaixador japonês Masaru Kamizuki estava muito preocupado. As relações Japão-Rússia haviam sido muito amigáveis quando o primeiro-ministro era Shinnosuke Ando, que foi a pessoa que ocupou esse cargo por mais tempo desde o século XIX. O ministro das Relações Exteriores na época era Saburo Tabata, o atual primeiro-ministro; Tabata apenas fornecia apoio nos bastidores e seguia estritamente as ordens de Ando, que se orgulhava dos esforços diplomáticos que realizava. Ele se autoproclamava "Tabata, o Bom Ouvinte" e esperava que as boas graças caíssem do céu.

Ando era amigo o suficiente do presidente Rasputin a ponto de convidá-lo a visitar as fontes termais que ficavam perto de sua cidade natal, e se Ando tivesse tido outro mandato, o Japão e a Rússia talvez tivessem assinado um tratado de paz. O Japão estava perto de assinar um tratado, cujas condições seriam: que a Rússia devolvesse ao Japão as duas ilhas dos Territórios do Norte; que o Japão fizesse grandes investimentos na Sibéria e na ilha Sacalina; e que o Japão não entrasse em aliança militar com os EUA com vistas a recuperar os Territórios do Norte. Mas a inesperada pandemia do coronavírus provocou uma guinada na situação. O presidente americano Donald King vinha defendendo a recuperação econômica da América para torná-la forte de novo; tinha quase certeza de que seria reeleito, mas acabou perdendo as eleições em razão de um aumento nos casos de coronavírus e de uma inesperada sequência de "batalhas paralelas" ao longo da eleição presidencial. O presidente King estava no meio da investigação de um possível conluio do senhor Obamiden com a China, mas, em vez disso, a mídia divulgara um suposto conluio de Donald com a Rússia. A grande mídia acreditava que uma campanha "anti-Donald King" era a única maneira de trazer de volta uma "democracia da grande mídia", então apoiara Obamiden. Como resultado, apesar de Donald King ter sido eleito no Dia da Eleição com um número recorde de votos, Obamiden venceu a eleição após o acréscimo de votos enviados pelo correio, computados depois do Dia da Eleição.

A democracia dos EUA estava tumultuada após os relatos contraditórios da mídia sobre os supostos escândalos dos candidatos. A pandemia do coronavírus, a brutalidade da polícia contra a comunidade negra e o protesto no Capitólio também prejudicaram Donald. Como consequência, Obamiden, que exaltava a "democracia da mídia", foi eleito presidente. A vice-presidente, uma mulher negra que parecia não ser muito diferente de um membro do Partido Comunista, também ganhou o apoio da mídia liberal. Foi assim que o atual presidente – que agora havia sido assassinado, mas ainda era noticiado como "hospitalizado" – assumiu o poder, apesar das suspeitas de que sofria de um declínio cognitivo.

Donald King e o presidente russo Rasputin consideravam-se mutuamente gênios da política. King chegou a realizar duas reuniões milagrosas com o líder norte-coreano de terceira geração, a quem ele se referia como "Pequeno Homem-Foguete", e foi o primeiro presidente americano a entrar ao norte do paralelo 38.

Quando King foi infectado pelo coronavírus, o "Pequeno Homem-Foguete" enviou um telegrama desejando a King uma rápida recuperação. King era um negociador excepcionalmente forte nos Estados Unidos; esse presidente teria sido merecedor do prêmio Nobel da Paz.

Os Estados Unidos haviam cometido um erro. Como o presidente King declarou, a mídia de *fake news* (notícias falsas) era o padrão. Além disso, o presidente Obamiden, do Partido Democrata, habilmente lançou ataques verbais contra a Rússia e ao mesmo tempo neutralizou as suspeitas de que a China tivesse sido a perpetradora da covid-19.

Obamiden preparou uma armadilha para Rasputin, presidente da Rússia. Começou a fornecer armas à Ucrânia a partir do último outono e, na prática, acabou trazendo a Ucrânia para o lado da Organização do Tratado do Atlântico Norte (Otan), transformando o país em um campo de guerra. Obamiden também planejava que os países da Otan continuassem fornecendo armas à Ucrânia até conseguirem recuperar a Crimeia e arrasar as duas regiões separatistas do leste da Ucrânia. A intenção de Obamiden era trazer de volta o velho clima da Guerra Fria de contrapor "uma nação democrática" e "uma nação autocrata" – e tudo isso sem sujar as mãos.

Agora, o mundo que retornara à era da Guerra Fria sob a estratégia de Obamiden começava a se polarizar de maneira perigosa. Rússia, China, Coreia do Norte, Irã, Síria e América do Sul começaram a se opor ao Ocidente. O antigo ditado "O inimigo do meu inimigo é meu amigo" foi revivido; Rússia, China e Coreia do Norte começaram a juntar esforços, embora de maneira relutante. Outra questão difícil era se a Índia ficaria do lado dos Estados Unidos ou da Rússia. A Índia tinha uma relação amistosa com a Rússia, inclusive no âmbito militar, voltada a conter a invasão chinesa.

Enquanto isso, foi criado o Quad, Diálogo de Segurança Quadrilateral, formado por Estados Unidos, Japão, Austrália e Índia, para unir forças contra a China e colocar obstáculos às ambições chinesas na Ásia. Mas aqui havia também um impasse. Os Estados Unidos estavam atrasados no domínio da tecnologia de mísseis hipersônicos, que já era compartilhada entre Rússia, China e Coreia do Norte. Portanto, Estados Unidos, Japão e Austrália só seriam capazes de desenvolver conjuntamente um míssil hipersônico no final do ano seguinte, e ainda não tinham certeza se a Índia ficaria ou não do lado deles. A impressão era de que já fazia várias décadas desde que uma multidão de mais de 100 mil pessoas lotara um estádio esportivo na Índia para dar as boas-vindas ao presidente americano Donald King durante o seu mandato. Levando em conta a forte descrença no sistema bipartidário americano, implementar na política da China uma democracia parlamentar e um sistema com dois partidos ainda seria algo que demoraria muito a acontecer.

Agora, após todo esse tempo, o embaixador japonês na Rússia, Masaru Kamizuki, relembrou o conselho "d'Ele" para o Japão: "Assine um tratado de paz com a Rússia, mesmo que isso signifique abrir mão dos Territórios do Norte. Traga a Rússia de volta para o G8".

"Não consigo acreditar que estamos vivendo numa época em que a Rússia está lançando seu míssil sobre o Japão e bombardeando Hokkaido enquanto estou aqui na Rússia", pensou Kamizuki. "Não consigo acreditar que o presidente Rasputin, um homem com quem me encontrei muitas vezes, agora esteja sendo chamado de criminoso de guerra e tratado como se fosse Hitler. A Rússia é meu segundo lar, onde passei meus anos do ensino fundamental II enquanto meu pai trabalhava para uma empresa comercial. O mínimo que posso fazer é impedir que este país se torne inimigo do Japão", refletiu ele. E apertou os lábios com força.

Como embaixador na Rússia, Kamizuki fez vários pedidos para se encontrar com o presidente Rasputin. Mas a Rússia ficara ofendida com as sanções financeiras e econômicas impostas pelo Japão, e também pelo fato de o país ter fornecido coletes à prova de bala para a Ucrânia. Além disso, a Rússia não esperava que o primeiro-ministro Tabata, com seu jeito amável, expulsasse oito diplomatas russos do Japão, exceto o embaixador russo no país. Como era de se esperar, o projeto de um gasoduto para trazer gás natural da Rússia foi por água abaixo, e o povo japonês não tinha mais permissão para visitar túmulos nos Territórios do Norte, a não ser com um visto. As negociações sobre a pesca e os limites de captura de peixes, como os impostos ao salmão, ficaram dificultadas. Acima de tudo, a confiança do presidente Rasputin no Japão ficou totalmente abalada depois que o governo japonês congelou os bens das duas filhas do presidente. O Japão estava simplesmente seguindo o princípio: "Se você não pode vencê-los, junte-se a eles", mas essa estratégia colocou o embaixador na Rússia numa posição difícil. "É uma pena. Mais de 80% dos russos costumavam ter o Japão em bom conceito", pensou Kamizuki.

Por causa de Lenlensky, o ex-comediante ucraniano e atual presidente, a credibilidade da Rússia despencara ao seu nível mais baixo. A Ucrânia havia sido transformada num ringue de luta; mísseis *Made in Russia* foram disparados em certas partes da Polônia e da República Tcheca.

Em primeiro lugar, a França era o único membro da União Europeia com armas nucleares, já que o Reino Unido não fazia mais parte da UE. E a França tinha apenas 300 mísseis nucleares. Por outro lado, a Rússia ainda tinha cerca de 7 mil mísseis nucleares, inclusive 800 mísseis balísticos lançados de submarinos (SLBMs). A própria UE não pode entrar em guerra contra a Rússia, a menos que se torne uma quase colônia dos Estados Unidos, abastecida com armas nucleares americanas. Na realidade, as armas nucleares americanas já haviam chegado à UE. Os canais de notícias japoneses reportaram que o maior medo da Rússia era ter de enfrentar as forças da Otan, mas a verdadeira questão era limitar o campo de batalha à Ucrânia ou expandir o conflito para a União Europeia inteira.

O astuto Obamiden não tinha intenção de transformar os Estados Unidos em um campo de batalha. O mesmo podia ser dito da aliança Estados Unidos-Japão. A intenção dos Estados Unidos era combater a China e a Coreia do Norte usando as terras da Coreia do Sul e do Japão como seus principais campos de batalha. O presidente americano Obamiden era um covarde, que se limitava a proferir gritos de guerra. Estava apenas puxando os cordõezinhos para ver se os povos daqueles países continuariam a adorar os Estados Unidos.

O embaixador Kamizuki levou alguns tatames de estilo japonês até a Praça Vermelha, perto do Krêmlin, em Moscou. Ao fundo, instalou um biombo dourado dobrável com a imagem do monte Fuji e flores de cerejeira. Kamizuki vestiu um quimono branco e montou um palco no estilo *seppuku* para iniciar uma greve de fome até que a raiva do presidente Rasputin em relação ao Japão se atenuasse e laços de amizade entre o Japão e a Rússia fossem firmados. Essa ação pessoal era claramente distinta daquela do Ministério de Relações Exteriores do Japão, que se encontrava agora totalmente possuído pelo falecido presidente Obamiden.

8.

Enquanto isso, em Taiwan, o país resistia à prevista invasão pela China. Contemplando a fumaça branca e as explosões vermelhas, a presidente Chu Ing-niang pensou: "Se conseguirmos resistir pelo menos por uma semana, os Estados Unidos e o Japão deverão vir nos ajudar". A presidente acreditava que a China não destruiria o país inteiro, pois tinha interesse na prosperidade de Taiwan.

Nesse momento, ela recebeu um relatório detalhando que o míssil MBIC lançado pela Coreia do Norte alcançou uma altitude de 6 mil quilômetros, mas não caiu sobre Tóquio; ao contrário do que se esperava, deu uma volta de 180 graus em direção à Coreia do Norte e atingiu a encosta do monte Paektu. Ela ainda obteve informações de que o inesperado choque não foi acidental, e sim obra de alguma força física – talvez uma nova arma do Japão chamada "Sim, meia-volta". Acreditava-se que o MBIC que atingiu o monte Paektu fosse um míssil nuclear, e que o monte Paektu sofrera uma gigantesca explosão que enviou bombas vulcânicas a Pyongyang e ao nordeste da China. Em seguida, fluxos de lava da explosão destruíram algumas instalações de mísseis nucleares. O secretário-geral da Coreia do Norte, Kim Show-un, estava desaparecido, e a suposição era que teria fugido para algum abrigo subterrâneo.

De qualquer modo, dificilmente a Coreia do Norte e a China teriam sucesso em lançar mísseis nucleares sobre o Japão se o país contasse com uma nova arma de contra-ataque. "Com isso aumentou a probabilidade de o Japão e os Estados Unidos virem ajudar Taiwan", pensou Chu Ing-niang.

Chegou então outro relatório, informando que os dois mísseis de longo alcance lançados de Taipei sobre Pequim, na China, haviam atingido áreas críticas da cidade. Segundo o informe, esse ataque teria pegado de surpresa o presidente da China, Zhen Yuanlai.

Taiwan só tinha condições de fazer intercâmbios esporádicos de mísseis com a província de Fujian, do outro lado do estreito, mas estava claro que Fujian relutava em seguir as ordens de Pequim. A província vinha fazendo negócios com Taiwan havia muito tempo; não queria ser atingida por mísseis de Taiwan e ver o sul da China virar um mar de fogo. Quanto ao combate aéreo de jatos militares, os F-35s adquiridos dos Estados Unidos conseguiam abater os jatos inimigos com 80% de precisão, enquanto os danos no lado de Taiwan eram mantidos em torno de 20%. A Sétima Frota dos Estados Unidos não demoraria a chegar. As Forças de Autodefesa japonesas e o exército australiano certamente também viriam para ajudar. A presidente de Taiwan também alimentava altas expectativas em relação à nova arma do Japão.

Enquanto isso, a Sétima Frota dos EUA aproximava-se das ilhas Senkaku. Trinta caças de combate com mísseis ar-terra decolaram do porta-aviões *Abraham Lincoln*. A base de mísseis que a China montara provisoriamente nas ilhas Senkaku foi totalmente destruída e incinerada após a segunda onda de ataques.

As forças militares dos EUA lançaram ataques pontuais aos falsos barcos pesqueiros, de uma altitude de 6 quilômetros, como retaliação pelo incidente em que o Exército de Libertação do Povo, disfarçado de barcos pesqueiros, afundara oito navios da Guarda Costeira do Japão com drones. Pilotos americanos começaram a atacar os barcos chineses com sistemas aéreos não tripulados ou drones, a partir de uma base americana no Arizona, e faziam isso como se estivessem jogando videogame. De uma altitude de cerca de 6 quilômetros, cada disparo atingia os barcos de 10 metros com precisão; os barcos espiões chineses começaram a fugir desesperadamente depois que cerca de cem navios foram atingidos. Três fragatas da Marinha dos EUA chegaram para proteger as ilhas Senkaku, acompanhadas em seguida por quatro bombardeiros furtivos que haviam decolado de Guam quatro horas antes. Dois bombardeiros atacaram soldados norte-coreanos que estavam lutando na Coreia do Sul. Depois foram bombardear o que restava das tropas da Coreia do Norte em Pyongyang. Os canhões antiaéreos norte-coreanos não conseguiram acertar os bombardeiros, que voavam a mais de 12 quilômetros de altitude.

Os outros dois bombardeiros furtivos, pretos, triangulares, atacaram Xangai e Pequim. Os Estados Unidos ainda não haviam usado armas nucleares; isso era apenas uma advertência.

O Japão estava atrasado em relação aos outros países na mobilização de suas forças armadas, mas o primeiro-ministro Tabata finalmente saiu do esconderijo e deu ordens. As Forças de Autodefesa Marítima e Aérea do Japão começaram a ser acionadas.

Nos Estados Unidos, a presidente interina, Deborah, uma mulher negra, fez um breve discurso e anunciou que a América não hesitaria em usar armas nucleares para conter ataques futuros à Coreia do Sul, Japão e Taiwan. Insinuou que poderia usar os MBICs.

O governo japonês também anunciou que estava pronto para usar mísseis de longo alcance desenvolvidos pela M. Indústria Pesada e que não hesitaria em realizar ataques preventivos em território inimigo, inclusive em alvos como aeroportos e instalações de mísseis.

Tornou-se urgente incorporar a Índia ao Quad e acalmar o ressentimento da Rússia em relação ao G7, especialmente ao Japão, em razão da Guerra da Ucrânia.

No Ministério da Defesa, Agnes observava a situação da guerra com suas habilidades de clarividência.

Agnes começou a falar.

– As forças terrestres sul-coreanas estão prestes a atacar a Coreia do Norte. Quanto à Índia, "Ele" está agora persuadindo o espírito guardião do primeiro-ministro Gupta.

– Na Rússia, o presidente Rasputin convidou o embaixador Kamizuki. O presidente está tentando convencer o embaixador a interromper sua greve de fome e diz que compreendeu o espírito *bushido* de Kamizuki. Ao que parece, ele está servindo *café au lait* e um pão pita recheado com queijo chamado *khachapuri*.

– Bem, precisamos descobrir o que fazer a partir de agora. Ah! E Jesus Cristo também está tentando enviar o papa a Taiwan – prosseguiu Agnes.

O vice-ministro Manobe e a diretora-assistente Suzumoto ouviam-na com uma expressão de perplexidade.

9.

Agnes estava cansada naquele dia, então decidiu voltar para o abrigo onde já se instalara uma vez, no alojamento do Banco do Japão, em Daikanyama. Para sua proteção, Agnes foi acompanhada pelo chefe Naoyuki Yamane, da Primeira Divisão de Investigação Criminal, e pela chefe Haruka Kazami, da Agência de Segurança Pública. Yamane e Kazami ficaram nos quartos vizinhos ao de Agnes, cada um trazendo um de seus subordinados em caso de alguma emergência. Ficou acertado que receberiam qualquer comunicado do Ministério da Defesa com a maior presteza possível, caso a situação militar mudasse.

Agnes não conseguiu dormir até as 2 horas da manhã. Então, cochilou por umas duas horas.

Foi um sonho ou realidade? Ela viu o arcanjo Gabriel descer dos Céus e recolher suas grandes asas. Dessa vez, conseguiu ver melhor os traços faciais de Gabriel. Era muito parecido com o chefe Yamane, que agora dormia no quarto ao lado – era igual a Yamapi, mas loiro. Ele provavelmente poderia trabalhar para o Serviço Secreto, levando em conta seu físico musculoso.

– Você é o arcanjo Gabriel? – Agnes perguntou.

– Isso mesmo. E você, Agnes, teve um dia difícil ontem. Há um limite para os milagres que podemos realizar neste mundo como anjos do Céu. Chegou a hora de você ter um senso de missão mais forte e aprimorar sua mente um pouco mais – disse Gabriel.

– O que mais eu poderia fazer?

– Você é o único Serafim com um estigma em forma de cruz – explicou Gabriel. – Existem quatro Serafins, que são os arcanjos da mais elevada hierarquia e protegem o nosso Salvador. A partir de agora, Jesus Cristo irá guiá-la diretamente. Isso significa que você será agraciada com um poder que excede em muito o do arcebispo de Tóquio e o do papa. Transcenda seu *status*, reconhecimento e poder neste mundo e esforce-se para se tornar cada vez mais espiritualizada.

– Eu morri uma vez, mas me permitiram ressuscitar. Vou dedicar minha vida a Deus sem me refugiar na autopreservação.

– Essa é a atitude correta. Você poderá fazer todo tipo de milagres se estiver com Jesus.

– Humm, desculpe-me por perguntar, mas você é muito parecido com o chefe Yamane, que está cuidando da minha segurança.

– É que eu também tenho almas irmãs.

– Arcanjo Gabriel, isso significa que o chefe Yamane é uma parte de sua alma que está vivendo aqui na Terra?

– Isso em breve lhe será revelado. Mas você não deve se apaixonar por ele. Caso se apaixone, criará apegos e começará a fazer cálculos para favorecer seus interesses mundanos. Isso dará brechas para o demônio se infiltrar. Mesmo que o chefe Yamane morra, você deve continuar dedicada a cumprir sua própria missão.

Foram palavras duras, mas Agnes sentiu-se um pouco aliviada ao saber que ela não era o único anjo. Estava realmente feliz por descobrir que tinha um aliado naquela missão solitária.

Agnes sempre amara Jesus. Pensou: "Os milagres em Nagoya não poderiam ser fruto de algum poder meu. Devem ter acontecido quando Jesus esteve comigo".

"Jesus também deve ter me emprestado seus poderes para o 'Sim, meia-volta' que mudou a trajetória do MBIC da Coreia do Norte. Com certeza, a Coreia do Norte irá disparar vários outros mísseis nucleares em direção à Coreia do Sul, ao Japão, e até mesmo à América continental. As armas nucleares não terão efeito se eu puder mostrar a eles que todo míssil nuclear dará meia-volta depois de lançado. Os Estados Unidos talvez consigam defender-se com seu próprio poderio militar, mas, no mínimo, quero eu mesma proteger o Japão continental".

Enquanto esses pensamentos ocupavam sua mente, Agnes caiu no sono. Depois de um tempo, começou a clarear, e então a manhã chegou.

Agnes foi ao Ministério da Defesa para "trabalhar".

Okinawa sofrera um ataque nuclear, então, antes de mais nada, ela precisava remover a contaminação radiativa da área. "Será que consigo fazer isso com o poder da oração? Tenho certeza que sim", concluiu.

Agnes rezou a Deus e a Jesus por 10 minutos. Um enorme tornado apareceu em Okinawa e começou a se deslocar pelo céu. A TV Asahi, que de algum modo conseguira sobreviver, reportou a cena. O tornado sugou os contaminantes radiativos como se fosse um purificador de ar e seguiu rumo ao oceano Pacífico, até ser tragado para uma fossa oceânica de 10 mil metros de profundidade e desaparecer lentamente.

Agnes também soube que os bombardeiros russos que haviam arrasado Sapporo, em Hokkaido, estavam vindo dos Territórios do Norte, agora fortificados. Ela ofereceu uma oração para desencadear um grande terremoto na base russa dos Territórios do Norte. Rezou por cerca de 10 minutos. Então, um terremoto de magnitude 8,9 irrompeu bem abaixo dos Territórios do Norte. A terra embaixo da base da força aérea russa começou a rachar, e os bombardeiros foram sugados, um após o outro. Por alguma razão, a base de mísseis começou a explodir por conta própria. Khabarovsk, o quartel-general do Distrito Militar do Leste da Rússia, informou a Moscou que havia ocorrido uma emergência. Fizeram decolar um jato e, ao verem a fumaça preta erguendo-se de todos os Territórios do Norte, constataram que a sua base estava quase inteiramente destruída. Os russos suspeitavam que o Japão tivesse usado uma arma tectônica de alta tecnologia, já que os próprios russos vinham pesquisando armas tectônicas. Sabiam que havia uma grande falha geológica na Costa Oeste dos Estados Unidos, portanto os russos tinham a intenção de usar satélites para atacar esse ponto e criar um grande terremoto artificial.

 É frustrante admitir, mas parece que o Japão estava à frente deles. Na visão do Comando Estratégico

Conjunto do Distrito Militar do Leste, em Khabarovsk, os satélites japoneses teriam sido os responsáveis pelo ataque aos Territórios do Norte com algum tipo de onda eletromagnética para desencadear um terremoto artificial. Os russos ainda não sabiam que Deus havia atendido ao poder da oração de Agnes. Logo depois, cinco MBICs foram lançados do Alasca e caíram nas principais cidades russas.

O presidente russo Rasputin ficou abismado com o relatório que lhe foi entregue por seu secretário.

O embaixador Kamizuki, que estava em meditação, arregalou os olhos. Virou-se para Rasputin e fez uma proposta: "Agora é a hora de você declarar amizade com o Japão". Foi como se Kamizuki tivesse sido tomado por Deus. Até mesmo Rasputin, um faixa-preta de oitavo grau de judô, estremeceu.

– Vou reconsiderar isso – disse Rasputin. – O Deus de vocês e o Deus da Rússia provavelmente são o mesmo.

Era um passo adiante.

10.

O dia seguinte foi trágico para o Ministério da Defesa. Dois drones sobrevoaram um parque próximo e de repente atacaram o prédio do ministério.

O sétimo andar, onde Agnes ficou, estava a salvo, mas as vidraças espatifaram-se pelo chão quando o edifício foi atacado pelas direções sul e norte.

Os drones pareciam ser de uma versão modificada. Depois que lançaram um pequeno míssil, os próprios drones viraram bombas e explodiram dentro do prédio. Talvez os autores do ataque tivessem a intenção de não deixar evidências. Os drones provavelmente estavam sendo operados remotamente pelos terroristas do quarto de algum hotel próximo.

Agnes saiu da sala especial do sétimo andar e desceu pela escada de emergência. Ao chegar ao patamar do terceiro andar, encontrou o chefe Yamane e a chefe Kazami, que vinham subindo a escada correndo.

– Oh! Senhorita Suzu Nomura, que bom que está a salvo – disse Yamane.

Foi então que Agnes lembrou que dentro do ministério ela atendia pelo nome "Suzu Nomura" sempre que havia outras pessoas por perto.

Para ser honesta, o que ela queria era falar sobre o arcanjo Gabriel com Yamane e mergulhar nos braços dele. Mas Yamane estava sempre concentrado em cumprir seu dever. Haruka Kazami também estava preocupada com Agnes e perguntou se ela havia sofrido algum ferimento. Alguém desceu de um andar superior e gritou que Kanayama, o secretário do Parlamento, estava em estado crítico. Infelizmente, nem mesmo o Ministério da Defesa estava mais seguro.

Nem Agnes havia conseguido prever o ataque dos drones, enquanto estava ali dentro conversando com alguém. O chefe Yamane achava que alguns espiões dentro do ministério tinham vazado informação sobre Agnes para os terroristas, e que o ataque dos drones fora dirigido especificamente para ela. O inimigo estava se aproximando cada vez mais da verdade. As pessoas no ministério sabiam muito bem que o Japão não possuía nenhuma arma nova. Portanto, suspeitavam que Agnes, que de repente passara a visitar o ministério, era na realidade uma médium.

Era improvável que o vice-ministro Manobe e a diretora-assistente Kazumi Suzumoto, do Ministério da Defesa, tivessem vazado detalhes, mas as notícias a respeito do "Sim, meia-volta" desferido contra o MBIC da Coreia do Norte, e do tornado que eliminara a contaminação radiativa em Okinawa, certamente haviam sido relatadas ao ministro da Defesa Takasugi por meio de algum canal. Takasugi provavelmente se reportara ao primeiro-ministro, assim, alguma interceptação ou grampo telefônico ocorrera durante essa troca de informações. Infelizmente, ficava agora muito difícil operar remotamente a defesa nacional do Japão a partir do Ministério da Defesa. Muitas vidas no ministério seriam perdidas. Do lado de fora circulavam caminhões de bombeiros, ambulâncias e viaturas policiais.

O chefe Yamane e seu colega planejaram levar Agnes para um local o mais distante possível dali, onde pegariam um táxi e a transportariam em segredo para outro esconderijo. Mas, enquanto os três corriam ao longo do fosso, foram alvejados de surpresa por um franco-atirador que os observava do telhado de um edifício. A bala passou raspando por eles, derrubou algumas folhas de um salgueiro e provocou grandes ondulações na água do fosso.

– Eles também devem ter um médium com eles. Já sabem da minha existência – disse Agnes.

– Eu já fui agente do Serviço Secreto. Estou acostumado a proteger VIPs. Dentro de uma hora vou montar uma equipe de cinco elementos que irão trabalhar nos moldes do Serviço Secreto, mas por enquanto vamos correr até aquela loja de departamentos – disse Yamane.

O atirador usava um rifle, portanto teria dificuldades para acertar Agnes no meio de uma porção de gente. Mas, se houvesse vários terroristas naquela ação, eles poderiam se comunicar entre si e coordenar um ataque a Agnes com uma pistola ou uma faca, e isso seria um problema. Yamane e Haruka Kazami posicionaram Agnes entre os dois, um na frente e outro atrás dela, e correram até um café dentro da loja de departamentos. Yamane pediu que o Departamento de Polícia Metropolitana enviasse agentes do Serviço Secreto como apoio.

– Está tudo bem – Agnes disse a Yamane. – Agora já sei que estão atrás de mim, e não tenho medo de balas e facas. Só preciso ficar atenta. Mas se meu oponente também tiver o poder de ler a mente e visão remota, eles terão como identificar nossa localização se ficarmos pensando sobre nós mesmos. Então, vamos imaginar, por exemplo, que a senhorita Kazami e eu trabalhamos num escritório em Marunouchi. E você, Yamane, imagine que é bancário. Pense no parque Hibiya de vez em quando e evite relembrar o incidente ocorrido no ministério.

Yamane, depois que foi instruído a imaginar que era um bancário, passou a ocupar a mente pensando no cofre subterrâneo do Banco do Japão. Relembrava que aquele local era capaz de resistir a ataques de bombas e até de impedir que sensitivos tivessem comunicação telepática.

– Não, senhor Yamane – disse Agnes. – Não acho bom ficarmos ali, no meio daquelas montanhas de dinheiro no cofre subterrâneo do Banco do Japão.

"Ah, meu Deus. Agnes já leu minha mente" – pensou Yamane. Ele sentiu dificuldade em esvaziar a mente de pensamentos.

Um tempo depois, chegaram os velhos amigos de Yamane do Serviço Secreto. Em vez de se comunicar com eles verbalmente, Yamane escreveu um memorando em seu bloco de notas.

"Ajudem-nos a chegar a um local seguro. Esta garota é um tesouro nacional vivo. Mais tarde explico melhor."

Os três agentes já haviam trabalhado antes para Yamane. Eram Kazuo Minegishi, Susumu Takarada e a agente Chiemi Anzai. "Agora somos cinco, incluindo eu e a agente da Segurança Pública Haruka Kazami. Compomos uma equipe básica capaz de proteger um VIP", Yamane pensou.

– Humm... Haruka Kazami – disse Yamane. – A senhorita trabalha em escritório, não é? E formou-se pela Universidade de Tóquio, certo? Então, sua especialidade seria o estudo?

– Sinto desapontá-lo, mas tenho terceiro grau em aikidô. Sabe como é, eu costumava ser muito assediada e perseguida, então me preocupei em saber me defender. Quanto ao estudo, sou tão boa quanto qualquer aluno comum da Universidade de Tóquio. E, no final das contas, fui recrutada mais pelo meu vigor físico – respondeu Kazami.

– Nesse caso, consegue se sair bem numa luta um contra um, hein? – perguntou Minegishi.

– Sim, e também pratiquei arqueria japonesa, então minha mira é muito boa. Gostaria de me tornar atiradora de elite algum dia – disse Kazami.

A garçonete trouxe café e chá.

Chiemi Anzai interveio: – Ah, eles servem um chocolate muito bom aqui – a moça, é claro, estava fingindo que trabalhava em um escritório. Vestia roupas comuns, por isso não deveria haver nenhum problema.

Susumu Takarada também fez como ela, e manteve uma conversa informal. Disse a Yamane: – Sempre achei que você daria um bom ator. Imagino que um dia vai acabar mudando de carreira e assumindo um papel numa série policial, algo assim.

– Pensando bem, Haruka Kazami – disse Yamane –, você também se parece com aquela atriz "alguma coisa" Ayase, não lembro o primeiro nome dela.

– Pode ser, mas a única coisa que temos em comum é que ambas viemos de uma família de agricultores em Okayama.

Enquanto os cinco encenavam essa conversa informal, iam comunicando por escrito seus próximos passos. Decidiram aproveitar que o alojamento do tribunal em Ikedayama agora estava desocupado para usá-lo como abrigo temporário para o Departamento de Polícia Metropolitana.

– Ouvi dizer que por ali costumam aparecer civetas selvagens – disse Yamane.

Nessa hora, saíram do café e pegaram o metrô. Seguiram em direção ao distrito de Shinagawa, rezando para que os terroristas não compusessem uma facção organizada.

11.

A imperatriz Emerita Michiko havia crescido aqui, em Ikedayama. Era uma área segura, de alto nível, e qualquer estranho suspeito andando por ali seria facilmente percebido. Havia duas delegacias de polícia na área, por isso Yamane e os demais podiam contar com uma assistência adicional em caso de alguma emergência.

Na esquina de um quarteirão ocupado por uma fileira de mansões, havia um terreno de uns 1.200 metros quadrados; ali se erguia um prédio relativamente antigo de concreto, grande o suficiente para abrigar pelo menos nove famílias. O edifício era usado como alojamento da Suprema Corte do Japão. Há um boato de que vários anos antes, quando a atriz Tomoko Matsuyama se formou no grupo de ídolos chamado AKB e estrelou seu primeiro filme, *A Construção Amaldiçoada*, a produção fora rodada ali. Nas proximidades erguia-se um pequeno bambuzal, e surgiram muitos relatos de pessoas que avistaram civetas ali.

— O lugar tem um pouco de cheiro de mofo, mas é bem reservado — disse Yamane. — E tem uma loja de conveniência perto, então vai ser fácil arrumar comida. Senhorita Suzu, sabe qual é a diferença entre as Forças de Autodefesa e a polícia?

— As Forças de Autodefesa têm um veículo equipado com cozinha e contam com barracas de acampamento. E a polícia não.

— Acertou! Nós, policiais, temos que comprar marmita e tomar café em lata de máquina. Então, na verdade, não somos tão bons em segurança de alojamento — Yamane disse.

— Você por acaso está achando que nós duas aqui vamos fazer o papel de domésticas ou algo assim? — Kazami queixou-se.

— Na verdade, já cheguei até a cozinhar *curry* envenenado. É porque eu queria descobrir qual era a dose letal para humanos. Além disso, sou boa também em pôr os homens para limpar – disse Anzai.

– Ei, ei, calma aí, gente – interveio Minegishi. – Podemos nos revezar para ir comprar comida, e vou chamar também alguns membros disponíveis da Seção de Identificação para virem limpar o apartamento.

Eles montaram o alojamento naqueles quatro quartos no terceiro andar. Instalaram câmeras de vigilância perto das entradas e saídas e nos corredores, e também luzes infravermelhas que emitiam um alarme sonoro do tipo "ding-dong" toda vez que alguém entrava ou saía à noite. Torceram para que não aparecesse nenhuma civeta, um animal parecido com um guaxinim.

Também instalaram uma câmera de vigilância no telhado, como precaução adicional, e deixaram metralhadoras a postos nos quartos do chefe Yamane e do sargento Minegishi, caso houvesse um ataque terrorista organizado. Como nota à parte, o chefe era hierarquicamente superior ao sargento, por ser inspetor.

Aquela noite parecia que iria transcorrer sem incidentes. Em seu sonho, Agnes, ou Suzu Nomura, foi rever o mundo dos salvadores da nona dimensão, que ela visitara. Dessa vez, conseguiu ver o rosto do Senhor Deus El Cantare com nitidez. O Senhor Deus estava sentado num trono em uma sala feita de diamantes. Várias telas surgiam diante do trono, uma após a outra, e o Senhor observava os acontecimentos na Terra. Uma das telas mostrava Agnes e os outros em Ikedayama. Outra tela reprisava uma cena do "Sim, meia-volta" que ocorrera no evento do míssil nuclear da Coreia do Norte, e outra tela passava uma cena do tornado em Okinawa.

"O Senhor tem ciência de tudo", Agnes pensou.

Outra cena mostrava que uma parte do próprio Senhor estava encarnada em um homem, que naquele momento estava rezando e conduzindo uma visão remota dentro do Templo do Messias, em Tóquio. "Oh, o Senhor está sempre cuidando do mundo inteiro", Agnes pensou, e antes que tivesse consciência disso, lágrimas começaram a rolar por seu rosto. Nesse instante, aquele homem que estava na tela olhou para Agnes. Ele conseguia vê-la do outro lado da tela. Era aquele a quem todo mundo se referia como "Ele".

Agnes pousou seus olhos na tela. "Ele" estava chamando o deus Zulu, na África. Essa cena deve ter acontecido um ou dois anos antes. O deus Zulu tinha uma aparência que lembrava uma cabeça de boi com chifres. Parecia alguém capaz de enfrentar até mesmo o demônio, e segurava na mão direita uma lança com ponta de prata. Media bem mais de 3 metros de altura, talvez uns 5.

"Ele" – sim, uma parte do Senhor Deus – questionava o deus Zulu sobre o pecado cometido pela China por ter disseminado o coronavírus. O deus Zulu respondeu: "Vou fazer com que tenham uma péssima colheita"; então, reuniu centenas de bilhões de gafanhotos de algumas partes do centro e do leste da África. O enxame de gafanhotos virou uma nuvem e moveu-se para o leste, auxiliada pelos ventos que sopravam do oeste. O governo chinês soube da nuvem de gafanhotos que se aproximava, e então enviou 100 mil patos para o vizinho Paquistão a fim de interceptar os gafanhotos do deserto, que se dirigiam aos campos da China para se fartar de grãos. Esse, pelo menos, era o plano.

Mas a nuvem de gafanhotos não pôde ser detida no Paquistão, e eles acabaram alcançando a China continental e atacaram as culturas de arroz e trigo. De uma hora para outra, todos aqueles campos ficaram vazios e arrasados.

"Sim, Deus governa também as más colheitas e a fome." Agnes compreendeu que Deus usa o poder da Mãe Natureza para expressar Sua Divina Vontade de se opor aos regimes opressivos e aos abusos dos direitos humanos. Provavelmente, deve ter sido esse o caso das inundações dos rios Azul e Amarelo na China, que estavam sendo exibidas em outras telas, pensou Agnes. Nunca antes houve notícia de dezenas de milhões de casas sendo varridas por uma inundação. No entanto, o governo chinês censurou as informações para que essas cenas de casas sendo levadas embora não fossem mostradas na tevê; apenas as fotos tiradas por civis em celulares circularam entre algumas pessoas na internet. Será que a população do país sabe que a China é responsável pela supressão dos direitos humanos na Região Autônoma Uigur e pela produção artificial do coronavírus? Será que as pessoas conseguirão um dia perceber que existe a Vontade de Deus ou a Vontade Divina? Ou continuarão vivendo como servas do presidente Zhen Yuanlai?

A China se autodenomina uma democracia, mas o país não tem ideia do que a soberania do povo é capaz de gerar. Por meio da opressão, a China fomenta o medo no povo. Assim como o presidente Mao Tsé-tung invadiu o sul da Mongólia, a Região Uigur e o Tibete, o presidente Zhen Yuanlai acredita que só se tornará um verdadeiro autocrata se anexar Taiwan. Hoje, a China afirma que os chineses não precisam de um Deus de verdade. A intenção é reunir o Primeiro Imperador da dinastia Qin, Qin Shi Huang, a Mao Tsé-Tung e a Zhen Yuanlai, e formar uma linhagem divina. Do mesmo modo que o Tibete tem um governo no exílio, a China acredita que Taiwan também deveria estabelecer um governo no exílio, na Malásia, por exemplo. A China planeja depor a presidente de Taiwan Chu Ing-niang com um único golpe, mas a questão de Taiwan não constitui um assunto interno da China, como ela alega. Taiwan, um país com liberdade, democracia, fé e um sistema parlamentar, conquistou sua independência do Japão. Nunca foi governado pela República Popular da China. Pelo menos, esse é o pensamento "d'Ele", e ele está empenhado em defender Taiwan.

    Agnes entrou num sono profundo enquanto pensava no que poderia fazer.

12.

O monte Aso entrou em erupção. A chama do vulcão ergueu-se 3 quilômetros acima da cratera e enviou bombas vulcânicas e chuva de cinzas por toda a região de Kyushu. Também ocorreram fluxos piroclásticos. A erupção não foi do mesmo tipo que a do monte Paektu, na Coreia do Norte.

Mesmo assim, Agnes teve um mau pressentimento. Agnes, ou Suzu Nomura, sentia que o Japão corria perigo iminente. As principais empresas de jornal no Japão, ao perderem seus escritórios centrais, passaram a publicar jornais com apenas oito páginas, graças à cooperação de jornais locais. Por alguma razão, de todas as emissoras de tevê, apenas a TV Asahi, em Roppongi, ainda operava. Havia rumores de que a TV Asahi havia sido poupada porque os países inimigos prezavam muito sua atitude complacente ao reportar assuntos ligados à Coreia do Norte, China e Rússia; esses países também queriam obter as últimas informações a respeito do Japão por meio das transmissões normais.

Um dia, por volta das 4 horas da tarde, chegou a notícia de que a Bungeishunjusha, uma editora de Kioicho, havia sido explodida, e que outra editora, a Shinchosha, também havia sido praticamente destruída ao mesmo tempo. A princípio, acreditou-se que esses ataques tivessem sido desferidos por drones, como ocorrera no recente ataque por drones ao Ministério da Defesa. A Unidade de Contraterrorismo do Departamento de Polícia Metropolitana anunciou que, segundo várias análises, os ataques às duas editoras haviam sido obra dos chineses, como o ataque anterior por drones. Em resposta, um porta-voz de Pequim fez um comentário irritado: "O anúncio do Japão é completamente ultrajante e ofendeu profundamente os civis da China, amantes da paz. Exigimos firmemente um pedido de desculpas do governo japonês". O chefe Yamane disse: – Veja só quem fala. Que civis da China amantes da paz seriam esses?

A China provavelmente poupou a TV Asahi porque quer que ela continue a transmitir esse tipo de notícia.

Foi muito estranho que apenas os edifícios das editoras Bungeishunjusha e Shinchosha tivessem sido completamente destruídos, sem que nenhum outro edifício vizinho sofresse danos. Era muito provável que se tratasse de um ataque de drones lançando mísseis de grande altitude acima dos edifícios. Era o tipo de ataque que apenas os militares dos EUA poderiam executar: lançar um ataque de alta precisão de uma altitude de 6 quilômetros e atingir um alvo pequeno, de apenas 10 metros, sem ser detectado pelas Forças de Autodefesa do Japão. Revistas semanais como a *Shukan Bunshun* e a *Shukan Shincho* tiveram o papel de formar a opinião pública dos cidadãos japoneses, depois que os principais jornais perderam sua influência; no entanto, as fotos que circularam mostrando o pescoço, o torso e os membros explodidos do editor-chefe da primeira revista, e as fotos do cadáver queimado do editor-chefe da segunda, sugeriam fortemente que os ataques às duas editoras eram uma espécie de retaliação.

Afinal, essas revistas vinham, há várias semanas, chamando o presidente Rasputin de louco, assassino em massa e de segundo Hitler, em razão dos eventos da Guerra da Ucrânia.

Além disso, era muito revelador que ambas as editoras tivessem sido destruídas pelas chamas e que mais de dois terços de seus funcionários tivessem sido mortos ou gravemente feridos. Sem dúvida, os tempos haviam mudado. Embora as revistas semanais não fossem confiáveis, as notícias na internet eram confusas demais para serem lidas.

Nessa hora, Yamane recebeu um telefonema de Nakayama, diretor da Primeira Divisão de Investigação Criminal, que falava de sua sede.

Segundo o que Nakayama relatou por telefone, uma análise das forças armadas dos EUA mostrava que mísseis de baixa altitude – cerca de 200 metros – haviam sido lançados de um submarino norte-coreano que entrara sigilosamente na baía de Tóquio. Ao que parece, os mísseis voaram e se desviaram de um conjunto de edifícios antes de atingir as duas editoras. Considerando a incrível precisão dos mísseis, Nakayama disse que de momento não seria feito nenhum anúncio sobre o fato para não aterrorizar os cidadãos japoneses. Acrescentou que quatro helicópteros antissubmarinos do Japão estavam perseguindo o alvo norte-coreano, e que o governo japonês se pronunciaria assim que conseguissem destruir o submarino inimigo.

Yamane suspirou. – Estamos numa enrascada. Drones chineses atacaram o Ministério da Defesa. Uns 60% dos drones do mundo são feitos na China, então acho que a tecnologia deles é bem avançada, e os caras que nos atacaram no outro dia devem ser terroristas e médiuns chineses. Os ataques de hoje às editoras podem ter sido ataques pontuais de mísseis de alta precisão da Coreia do Norte. Nossos ministros com certeza vão correr para se proteger de novo em seus esconderijos. A situação está ficando fora de controle até para os policiais, especialmente porque há pelo menos 2,5 milhões de chineses vivendo hoje no Japão.

– Senhor Yamane, há algo mais importante que preciso lhe dizer – disse Agnes. – Não consigo evitar a sensação de que o próprio Japão está em perigo. Estão ocorrendo muitos terremotos na costa do Pacífico do arquipélago japonês, principalmente em torno de Tóquio. Fico pensando, e se o monte Fuji entrar em erupção? Agora que o monte Aso está ativo, a probabilidade de que isso ocorra parece cada vez mais real. Também temo que haja um terremoto bem embaixo de Tóquio, ou um imenso tsunami. E evitar essas coisas estaria além do meu poder.

– O que faz você pensar que isso pode acontecer? – Yamane perguntou.

– É Deus. Com certeza há muitos países mal-intencionados, mas também não posso dizer que o Japão seja um bom país. O materialismo e o ateísmo se espalharam tanto entre nós que não somos mais diferentes da China. Quero dizer que até mesmo a democracia do senhor Obamiden, no final das contas, também é uma "democracia sem Deus". Para mim, ela é apenas uma visão existencialista da vida. Eles estão simplesmente nos dizendo para protegermos nossa vida terrena e que será bom o suficiente se sentirmos felicidade apenas enquanto estivermos vivos. Quando o presidente Donald King estava no cargo, afirmou: "Abram as portas das igrejas, mesmo que o coronavírus esteja se espalhando. Não rejeitem as pessoas que buscam a salvação em Deus". O senhor Obamiden só fala em competir pela prosperidade terrena e defender a igualdade nos direitos humanos, mas tudo isso sem fé. O presidente russo Rasputin tem fé religiosa, mas as pessoas o chamam de demônio. Há algo de errado nisso tudo.

Yamane também estava começando a sentir algo assim desde que entrou em contato com Agnes. Começava a achar que coisas como Deus e a fé existiam acima de um Estado de Direito.

O Estigma Oculto 2 <A Ressurreição>

Após um dia cheio de más notícias, Agnes tinha quase certeza de que teria um pesadelo ao se deitar. E, é claro, a "coisa" chegou por volta das 2h30 da manhã. Agnes não ficou em pânico porque logo reconheceu que se tratava do demônio.

O demônio falou: – Sou aquele que tentou Jesus. Jesus era um homem indefeso, incapaz de transformar pedras em pão, que não sabia operar milagres, nem mesmo quando o desafiei a pular de um penhasco dizendo que os anjos estenderiam suas asas para salvá-lo. No final das contas, acabou sendo vendido em troca de uma pequena quantia em dinheiro por um de seus doze discípulos e pregado na cruz. Se o Deus em que ele acreditava fosse real, por que Ele não salvou Jesus?

– Não é assim – protestou Agnes. – Depois que levei um tiro e morri, o Senhor Deus acolheu-me em Seu trono no Céu. Ele permitiu que eu ressuscitasse. Na época de Jesus, também foi assim, houve a ressurreição dele após a crucifixão, e isso se tornou a essência da fé cristã. Os humanos vivem a *experiência*, mas Deus *cria*. Seu argumento é fraco.

– Os demônios têm vida eterna, enquanto a vida de vocês, humanos, é finita – argumentou o demônio.

– Deus não consegue nem vencer armas como drones e mísseis feitas pelos humanos. E agora somos nós, os demônios, que estamos governando a Terra. Mesmo que um ou dois anjos sejam enviados, não vão servir para nada. Por acaso você consegue deter mísseis nucleares da Rússia, China e Coreia do Norte? Acha que consegue parar os mísseis nucleares (MBIC) dos Estados Unidos e evitar que promovam um assassinato em massa em países inimigos? Você consegue vencer a segregação das Nações Unidas?

– Você deve ser Belzebu, o segundo mais forte do Inferno. E está se rebelando somente porque vive com inveja de Deus. Você manipula o sono e a luxúria, mas o demônio não tem poder sobre uma alma imaculada.

– É fácil enganar uma freira como você – disse Belzebu. – Como você se sentiu quando foi estuprada por quatro garotos? Isso deixou você feliz? Sentiu prazer em matar os quatro homens fortes que a atacaram? Você está na idade de sentir o prazer de ser amada por um homem de verdade. Como Maria Madalena, precisa fazer sexo com o maior número possível de homens e virar uma mestra do sexo; só então se tornará a noiva de Jesus.

– Eu já morri uma vez. Minha alma ressuscitou, então minha missão é ensinar as pessoas sobre a vida espiritual e o mundo real criado por Deus. Não adianta me tentar. Eu já sou noiva de Jesus e filha do Pai Celestial. E prefiro morrer na cruz a ceder às suas tentações. Afinal, por acaso há algo de errado em uma mulher com a cruz morrer na cruz?

O demônio deu um suspiro profundo e prosseguiu.

– Você deveria saber disso. As guerras são sempre armadas pelo demônio. Fico imaginando se você conseguiria suportar a morte de 1 bilhão, 2 bilhões de pessoas, morrendo uma atrás da outra. Com a

"Guerra do coronavírus", já criamos quase 1 bilhão de pessoas infectadas e matamos dezenas de milhões. A maior parte delas vai amaldiçoar Deus e virar soldado do Inferno.

– Minha fé não será abalada. Vou salvar a alma dos mortos e a alma dos vivos. Um míssil pode matar a carne humana, mas não consegue matar a alma sagrada. Quando a humanidade vive uma era de crise, vive também uma era de milagres de Deus. O Senhor, Jesus Cristo e eu, Agnes, somos um.

– Boa sorte. Você seria bem mais feliz casando-se com Yamane, formando uma família e criando filhos com ele. Você está sendo ignorante, arrogante e tola para querer enfrentar essa legião inteira de demônios. Deixe-me jogar sobre você os tormentos do Inferno mais uma vez...

Nesse instante, o arcanjo Miguel veio em seu auxílio. – Agnes, você não está sozinha – ele então expulsou Belzebu.

13.

Deixando de lado o ataque tipo camicase de Kamizuki, o embaixador japonês na Rússia, o governo daquele país estava agora furioso com a manobra de defesa astuta do presidente ucraniano Lenlensky.

Para os russos, a Ucrânia vinha pressionando demais a sorte ao aceitar o apoio militar da Otan. Ao ser informado de que o *Moskva*, um cruzador de mísseis guiados e orgulho da frota russa no mar Negro, havia sido atacado e afundado por mísseis de cruzeiro ucranianos, o presidente Rasputin tomou uma decisão crucial.

1. O presidente ucraniano Lenlensky precisa ser capturado ou mandado para o Inferno.

2. A Rússia irá destruir Kíev, a capital do país.

3. A Rússia não hesitará em usar armas nucleares contra qualquer país que apoie a Ucrânia ou que planeje ingressar na Otan.

4. A Rússia irá, em última instância, pressionar a Otan para que seja dissolvida.

O presidente Rasputin não conseguia conter sua raiva. Por toda parte do globo, a mídia espalhava notícias falsas. Havia apenas 175 mil soldados russos cercando 200 mil soldados ucranianos pelo norte, leste e sul. Se a Rússia não tivesse realizado a intervenção militar naquele momento, o exército ucraniano teria cometido um genocídio contra o povo da Crimeia e das duas regiões independentes no leste da Ucrânia, onde vivem muitos russos étnicos – e com isso teria caído na trama do presidente americano Obamiden. O presidente Rasputin nunca iria aceitar a manobra ardilosa da Ucrânia para que a União Europeia e a Otan pintassem a Rússia como inimiga do mundo, transformando o presidente Lenlensky num "herói" e ele, Rasputin, no "retorno de Hitler". Na pior das hipóteses, o presidente Rasputin estava determinado a disparar 6 mil mísseis nucleares sobre os países da União Europeia que estivessem criando problemas e sobre os Estados Unidos da América. Nem mesmo Deus permitiria que a liderança hipócrita dos Estados Unidos continuasse, pensou ele.

Na realidade, havia até um desacordo entre a Igreja Ortodoxa Russa, que vinha apoiando o presidente Rasputin, e o papa no Vaticano. Portanto, uma guerra religiosa era também um fator subjacente. Metade dos jovens era materialista ou não acreditava em nenhuma religião, e havia até um novo movimento para proteger essa geração mais jovem contra o *bullying*.

Tudo isso havia sido causado pela disposição espiritual de Obamiden de atrair espíritos de baixo nível.

Naquela noite, o presidente Rasputin estava sozinho em sua sala de oração. Ele meditou por cerca de 30 minutos e perguntou a Deus se ele, como presidente, tinha algum pensamento equivocado e se suas decisões tinham motivações egoístas. Uma esfera de luz desceu dos Céus. Um instante depois, um homem idoso de um olho só, com uma bengala, apareceu saindo da luz.

– Deus Odin, é o senhor? – perguntou Rasputin.

– É uma honra saber que vem protegendo este país do Norte há 10 mil anos. No passado, a Rússia, os três países do Báltico, a Alemanha, a Inglaterra e a Ucrânia, com a qual estamos em guerra agora, todos eles o reverenciavam como rei. Agora, os Estados Unidos lideram um movimento para incluir a Ucrânia na Otan a fim de isolar a Rússia e expulsar o país da comunidade internacional. Se foi o meu ego que causou isso, por favor, repreenda-me. Mas, se meu desejo de proteger e restaurar a Rússia está de acordo com a Vontade de Deus, por favor, guie-me na direção certa.

Odin falou: – Rasputin, sou eu que estou tentando salvar a Rússia do ateísmo e do materialismo e guiar este país para uma nova prosperidade. Os países ocidentais, por sua vez, consideram este seu longo mandato como o reflexo do ego de um ditador. Quanto a mim, sou uma parte do Senhor Deus El Cantare. Os Estados Unidos, sob homens como George Washington e Lincoln, já foram guiados pelo Deus Thoth, que também é parte de El Cantare. O presidente Donald King ouvia a voz do Deus Thoth. É por isso que vocês dois conseguiram se entender. Ao contrário, Obamiden e a vice-presidente Deborah, que agora é a presidente em exercício, não podem ouvir a voz do Deus Thoth. Assim, não compreendem você e o consideram um demônio. Estão presos à crença de que tem poder quem ganha popularidade por meio da mídia, que é apenas uma reunião de pessoas comuns. O ex-comediante Lenlensky, atual presidente da Ucrânia, age como se fosse um herói, mas na realidade é apenas um garoto-propaganda da era da tevê.

– Em outras palavras, tanto Obamiden como Lenlensky estão equivocados ao acharem que os pensamentos coletivos da mídia são "Deus". O Deus Thoth está muito preocupado. O Deus Ame-no-Mioya-Gami, do Japão, que também é parte de El Cantare, está envergonhado ao ver o Japão perdendo a fé em Deus e tornando-se um país materialista apegado aos benefícios mundanos. Dê mais importância ao Japão e à Índia, que é guiada pelo Buda Shakyamuni, outro espírito ramo de El Cantare. Agora, a Vontade de Deus é guiar os Estados Unidos a uma verdadeira fé e introduzir liberdade, democracia, fé e um sistema parlamentar na China, que é um país ateu.

– Mantenha forte a sua fé e pressione Lenlensky para abandonar a arena política. Os ucranianos são seus irmãos e irmãs. Abra um caminho para que a Rússia e a Ucrânia juntas possam criar um futuro brilhante.

O presidente Rasputin sentiu-se aliviado ao confirmar que era o desejo de Deus proteger a Rússia. Além disso, Deus aludiu à morte do presidente americano Obamiden. "Então, ele de fato estava morto", pensou. Mas, segundo a CNN, Obamiden caíra no chão enquanto jogava golfe, pois tivera um derrame leve, e teria de ficar hospitalizado cerca de um mês. Rasputin pensou: "Vou achar um jeito de resolver isso com a presidente interina Deborah até que o presidente Donald King seja reeleito presidente dos EUA.

O Estigma Oculto 2 <A Ressurreição>

E também vou preparar o caminho para ter relações amistosas com o Japão e a Índia".

Rasputin decidiu contar ao embaixador Kamizuki que a Rússia estaria disposta a devolver ao Japão as quatro ilhas do norte, que não serviam mais para propósitos militares, sob as seguintes condições: que o primeiro-ministro japonês Tabata não mais obedecesse cegamente às determinações dos Estados Unidos; que o antigo primeiro-ministro Ando, ou alguém que seguisse seus passos, fosse colocado como o próximo primeiro-ministro; e que esses esforços levariam a um tratado de paz entre a Rússia e o Japão. "Se a Rússia e o Japão acreditassem no mesmo Deus, conseguiriam dar as mãos", Rasputin pensou. Ele decidiu esperar que o antigo presidente dos EUA voltasse ao cargo, e enquanto isso fomentaria relações de cooperação com a Índia.

"A China travou a guerra do coronavírus com o mundo", pensou ele, "e agora o vírus está começando a se alastrar dentro do país. O número de infecções na

China aumentará e afetará milhões, dezenas de milhões, centenas de milhões. Como diz o ditado: 'Você colhe o que semeia'".

Rasputin processou seus pensamentos até esse ponto. "Ele" em Tóquio já havia lido seu processo de pensamento e comunicou a mudança de mentalidade de Rasputin a Agnes, introduzindo essa visão na mente dela.

Agnes se sentiu preparada. "Finalmente entrei no reino de Deus. Logo, chegará o dia em que deverei cumprir minha missão como um dos Serafins".

Essa missão era purificar o Japão e trazer paz ao mundo, dilacerado por guerras; fazer uma conclamação a uma nova era, que nenhum salvador do passado fora capaz de realizar.

14.

Aqui em Ginza, Agnes estava saboreando agora um *unaju*, prato de enguia com arroz, num restaurante chamado Chikuyotei. O vice-ministro Manobe, do Ministério da Defesa, informara que precisava vê-la com certa urgência, então ela decidiu deixar essa refeição por conta dele.

Manobe falou com Agnes. – Desde a erupção do monte Paektu, a Coreia do Norte vem perdendo poder, e agora o Japão, os Estados Unidos e a Coreia do Sul estão em melhor posição. Estamos trabalhando duro para destruir os locais de mísseis que restam na Coreia do Norte e capturar Kim Show-un. A Coreia do Norte tem cerca de 550 aeronaves operantes e 74 jatos de caça MiG, com apenas 20% deles funcionando, o que significa que agora também temos superioridade aérea. Nossa Força de Autodefesa Marítima atacou 25 submarinos da Coreia do Norte usando helicópteros antissubmarinos, destróieres e submarinos, portanto a frota de submarinos do país está quase totalmente destruída. Minha pergunta para você é: em qual abrigo subterrâneo Kim Show-un está se escondendo no momento?

Em seguida, Manobe estendeu um mapa da península coreana diante de Agnes. Ela mastigava um pedaço de enguia, então, deixando um pouco de lado a etiqueta, usou seus pauzinhos para apontar uma cidade no mapa chamada Nampo, na Coreia do Norte.

Manobe disse apenas "Ok" e fez uma ligação. Quinze minutos depois, um bombardeiro decolou da Sétima Frota dos EUA e disparou dezenas de bombas com potência para explodir *bunkers* sobre o local que Agnes apontara. O elevador que levava ao abrigo subterrâneo foi consumido pelas chamas, e os túneis de comunicação com o abrigo desabaram e ficaram obstruídos. Kim Show-un morreu aos 40 e poucos anos.

Kim Yo-jow, sua irmã mais nova e segunda pessoa no comando da Coreia do Norte, estava escondida numa fazenda nos arredores de Pyongyang, mas foi capturada pelos militares sul-coreanos. Com isso, a dinastia Kim chegava ao fim, e os locais de mísseis que ainda restavam foram destruídos um por um. Um dublê de Kim Show-un apresentou-se num telejornal *fake* e gritou: "Matar ou morrer!", mas foi abatido a tiros em uma rebelião interna. Tudo indicava que se tratava do último dublê. Ficou decidido, assim, que a Coreia do Norte seria controlada pela ONU e anexada à Coreia do Sul, depois que suas armas nucleares fossem desmanteladas.

    O país que mais se surpreendeu ao saber dessa notícia foi a República Popular da China, que estava em guerra com Taiwan. Se a China eram os dentes, a Coreia do Norte, embora pequena, eram os lábios que protegiam esses dentes. O colapso da Coreia do Norte teve um impacto significativo.

    O presidente chinês Zhen Yuanlai estava desapontado. A Coreia do Norte, mesmo contando com armas nucleares, não havia sido capaz de se defender.

Já a presidente Chu Ing-niang, de Taiwan, ficou exultante. Esperava agora que as forças dos Estados Unidos e do Japão viessem logo em seu auxílio. Havia também um movimento em prol da independência no sul da China, e, se essa região sul fosse atacada pelos Estados Unidos e pelo Japão, certamente cairia. Na realidade, os bombardeios e os ataques com mísseis de Taiwan haviam atingido 50 navios de desembarque da Marinha da China, afundando também os tanques chineses que estavam a bordo. A presidente de Taiwan achava improvável que a China desferisse um ataque nuclear a Taiwan, porque o emprego de armas nucleares iria contrariar a lógica há muito tempo sustentada pela China de que a questão de Taiwan era um assunto interno.

Mas as coisas não correram como ela esperava. O porta-aviões *Abraham Lincoln*, da Sétima Frota dos EUA, foi subitamente atacado por um MBIC hipersônico lançado da província de Sichuan, na China continental. Os radares americanos não conseguiram detectar o míssil porque ele estava voando em rota sinuosa a uma altitude muito baixa, de cerca de 50 metros acima da superfície do mar. O míssil então pairou acima do porta-aviões e penetrou no seu convés. Não era mais um boato, e sim uma realidade: a China tinha uma nova arma.

As Forças Armadas dos EUA ficaram perplexas com a notícia de que seu porta-aviões *Lincoln* ardera em chamas e explodira com aquele único golpe desferido pela China.

O *Lincoln* fora afundado por um único míssil.

A Força de Autodefesa Marítima do Japão, a Marinha Real Australiana, a Marinha Indiana, a Marinha Real do Reino Unido e a Marinha Francesa ficaram igualmente chocadas com a notícia.

Deborah, a presidente interina dos EUA, ficou furiosa ao saber que seu porta-aviões fora afundado. Ela ordenou que fossem disparados de Guam quatro MBICs com armas nucleares. Queria destruir a unidade de mísseis da China na província de Sichuan. Por ironia, infelizmente, os MBICs lançados de Guam caíram sobre os uigures da Região Autônoma Uigur da China e sobre os tibetanos da Região Autônoma do Tibete. Um deles se abateu sobre mais de mil pandas que viviam entre o Tibete e a província de Sichuan. Aquelas montanhas e bambuzais arderam em chamas, e quinhentos pandas morreram.

O porta-voz do Ministério das Relações Exteriores da China criticou duramente os Estados Unidos e advertiu: "A China certamente irá vingar a morte desses pandas, nossos diplomatas da paz".

A China lançou de seus satélites quatro ataques nucleares, tendo como alvos as cidades de Nova York, Washington, Houston e Los Angeles. Deborah, a presidente interina, com sua pouca experiência política, não tinha ideia de que mísseis nucleares poderiam cair bem em cima de sua cabeça.

O porta-voz do Ministério das Relações Exteriores chinês fez um pronunciamento: "Há oitenta anos, os Estados Unidos da América lançaram duas bombas atômicas sobre Hiroshima e Nagasaki e cometeram um genocídio. Eles precisam pagar por seu crime".

Deborah não tinha o que responder. Nem sabia que as forças armadas dos EUA haviam lançado aquelas bombas atômicas sobre o Japão a fim de proteger a China.

As Forças Armadas dos EUA tinham cada vez menos confiança na presidente Deborah. Então, sem atentar para o possível impacto da notícia, o secretário de Imprensa dos EUA, Pzaki, anunciou a morte do presidente Obamiden, e que a vice-presidente Deborah assumiria o cargo.

Circulava nos Estados Unidos um boato de que a CIA planejava assassinar a presidente Deborah, e muitos receavam que o boato tivesse fundamento. O mundo vinha perdendo rapidamente seus líderes.

Enquanto isso, a Rússia lançou abruptamente uma bomba especial em Kíev, onde o presidente ucraniano Lenlensky dormia um sono profundo.

A CNN e a BBC transmitiram reportagens de última hora sobre o fato.

A bomba especial, capaz de sugar o oxigênio num raio de 1 quilômetro, foi lançada sobre Kíev enquanto o presidente Lenlensky dormia. Como se deslizassem para um sono eterno, todos os líderes ucranianos, e até os animais, morreram.

O "palhaço" ucraniano falecera enquanto dormia como a Branca de Neve.

15.

Quando os satélites chineses lançaram seu ataque nuclear sobre as cidades de Nova York, Washington, Houston e Los Angeles, a nova presidente americana Deborah estava tremendo num abrigo subterrâneo da Casa Branca. A tela de tevê diante dela mostrava ruínas muito piores que as de Hiroshima ou Nagasaki na Segunda Guerra Mundial.

– Então esse é o presente da minha cerimônia de posse?

Katherine Deborah, a primeira mulher negra a ocupar a presidência do país, foi tomada pela raiva, que se tornou muito mais forte do que o seu medo.

Ela deu ordens a Paneller, diretor do Estado-Maior Conjunto, para iniciar a Operação "Sem Amanhã para a China". Era um ataque total dos EUA.

No Japão, o vice-ministro Manobe acabara de contar a Agnes sobre o naufrágio do porta-aviões americano *Lincoln* e o ataque nuclear dos satélites chineses aos Estados Unidos. Ele pediu que ela fizesse mais previsões sobre o futuro usando seus poderes paranormais, e pediu também sua opinião a respeito do que o Japão deveria fazer. Após a destruição do edifício do Ministério da Defesa, eles haviam montado um escritório auxiliar dentro do Ministério de Relações Exteriores.

Agnes disse que o conflito entre os poderes políticos e militares dos Estados Unidos e da China só serviria para desencadear um futuro trágico, e que um castigo divino em breve recairia sobre a humanidade, tão desprovida de fé em Deus.

Então, uma chuva torrencial começou a cair sobre toda a China.

O nível de água dos rios Azul e Amarelo elevou-se como um oceano, e um gigantesco redemoinho começou a se formar no lago Dongting.

Alguns dias antes, quando Agnes conversou com o deus Zulu da África, ela soube da existência de uma deusa chamada Niangniang do Lago Dongting, que no passado havia lutado contra o primeiro Imperador Qin. De acordo com o deus Zulu, a tal deusa tinha uma fúria parecida em relação ao atual presidente Zhen Yuanlai, e apoiava o movimento democrático em Taiwan e no sul da China.

– Algo terrível está para acontecer – disse Agnes.

Vários tufões imensos se formaram, varrendo dezenas de milhões de casas por toda a China. Em seguida, em vez de mísseis, poderosas bolas de fogo caíram sobre as grandes cidades chinesas, começando por Pequim.

Gigantescos edifícios icônicos da China foram transformados em colmeias, como se tivessem sido atingidos por dezenas de milhares de mísseis. Não só isso: os trens-bala chineses, que eram as principais artérias da nação, foram arrancados dos trilhos elevados; nos aeroportos, não havia aviões de passageiros e aviões militares; eles foram despedaçados e mandados pelos ares como se fossem brinquedos de criança. Um comboio de automóveis que tentava fugir por uma estrada foi lançado para o céu e jogado no oceano Pacífico.

Como era possível que aquela bela deusa tivesse um poder tão assombroso adormecido? Os navios de guerra chineses eram tombados pelas ondas que se elevavam, e até os submarinos espatifaram-se contra as rochas do leito marinho e afundaram. Era uma catástrofe sem precedentes na história chinesa.

Ainda não se conhecia a extensão exata dos danos, mas estimava-se que metade dos 1,4 bilhão de habitantes chineses tivesse morrido no intervalo de dois ou três dias. Paneller, o diretor do Estado-Maior Conjunto, perguntou ao secretário de Defesa Maxwell se a Operação "Sem Amanhã para a China" ainda seria necessária. Os Estados Unidos haviam sofrido alguns milhões de vítimas; por outro lado, a população da China fora reduzida à metade.

A presidente Deborah perguntou ao secretário de Defesa o que deveriam fazer com a Rússia. – A Ucrânia compreendeu que a guerra não iria terminar enquanto eles continuassem buscando ajuda da Otan, então parece que a Ucrânia decidiu tornar-se um estado-satélite da Rússia e prometeu ficar neutra – disse ele.

– Para começo de conversa, foi a ditadura de Rasputin que destruiu a ordem mundial – disse a presidente Deborah. – As ditaduras precisam ser eliminadas deste mundo, e os líderes políticos devem ser substituídos por presidentes democratas como eu. Devemos nos livrar de todos os ditadores que agem como Hitler. Precisamos retratar o presidente Lenlensky, da Ucrânia, que fez muitos discursos pela tevê, como um herói que lutou contra alguém como Hitler ou Napoleão.

Assim, a Operação "Sem Amanhã para a China" foi transformada na Operação "Sem Amanhã para a Rússia".

A operação restringia-se a três metas:

1. Assassinar o presidente Rasputin.

2. Reduzir o poderio econômico da Rússia a

ponto de o país não poder mais continuar participando do G20.

3. Desmilitarizar a Rússia para que suas forças armadas não tenham mais condições de invadir outro país, assim como os EUA haviam feito ao impor o Artigo 9º à Constituição japonesa.

Tanto o secretário de Estado Pumpkin quanto o ministro da Defesa Maxwell sustentavam a opinião de que seria melhor que a União Europeia negociasse com a Rússia, já que haveria severos danos também para o seu próprio país. Eles acreditavam que uma troca de ataques com mísseis nucleares entre Estados Unidos e Rússia provavelmente seria uma batalha sem nenhum vencedor.

O secretário de Estado Pumpkin também explicou que a estratégia básica do presidente Obamiden fora fazer Estados Unidos e Rússia travarem uma guerra por procuração, tendo o Japão como principal campo de batalha, para que ele pudesse dar uma desculpa e dizer que os Estados Unidos não foram derrotados pela Rússia ou pela China – mesmo que o Japão fosse completamente destruído, como a Ucrânia. – Essa política é necessária para garantir a vitória na próxima eleição presidencial – acrescentou Pumpkin.

No entanto, a primeira mulher negra a presidir os EUA queria gravar seu nome na história. Deborah decidiu dar ordens diretas ao diretor Paneller e foi inflexível com relação a remover Rasputin e destruir as forças nucleares russas.

O ataque a Moscou começou pela Polônia. Foram lançados MBICs de Guam, do Havaí, do Alasca e da América continental. Em seguida, bombardeiros nucleares U-2 decolaram da Costa Oeste dos Estados Unidos e de Guam.

Isso surpreendeu Rasputin. Ele pensou: "Será que o novo presidente americano é um amador? De repente, foram lançados trezentos MBICs do continente americano. É claro que não podemos interceptar todos eles, mas então devemos destruir completamente a Casa Branca e o Pentágono". A partir do Distrito Militar Central na Rússia, Rasputin disparou cerca de dez mísseis hipersônicos, capazes de circundar o globo a uma velocidade Mach 20 e transformar a Casa Branca e o Pentágono em cinzas. A intenção dele era proteger Moscou, tornando-a uma espécie de porco-espinho, isto é, cercando a cidade toda com mísseis interceptadores. Rasputin então se mudou para um centro de comando dentro de um abrigo nuclear subterrâneo, que ficava a 800 metros de profundidade.

No entanto, todos os trezentos MBICs dos EUA explodiram no ar, alguns sobre o Pacífico, outros sobre o Atlântico. E os bombardeiros U-2 ficaram inoperantes em razão de falhas nos instrumentos.

Todos os mísseis que circundavam o globo a uma velocidade Mach 20 haviam sido explodidos no ar por algo que se movia mais rápido que os mísseis. Talvez aquilo fosse obra "d'Ele", Agnes pensou.

16.

A presidente americana Katherine Deborah não conseguia mais conter sua raiva.

– Trezentos MBICs abatidos? E todos os bombardeiros U-2 tiveram falhas nos instrumentos e foram impedidos de atacar? Não pode ser. É impossível acontecer uma coisa dessas. Jamais perdoarei quem quer que tenha feito isso. Mesmo que tenha sido Deus – Deborah disse.

Hesitante, o secretário de Defesa Maxwell reportou-se a ela.

– Parece que os mísseis nucleares hipersônicos da Rússia também desapareceram sem deixar vestígios.

– Os MBICs da Rússia são antigos. Eles simplesmente não conseguiriam nos atingir – disse Deborah. – Deve haver espiões inimigos na Força Aérea dos EUA, ou algum país deve ter desenvolvido uma arma secreta. Localize para mim o melhor médium dos Estados Unidos, para que possamos ter alguma noção do que está acontecendo.

Ao perceber que não adiantaria discutir com ela, o secretário de Defesa ordenou que Glinton, diretor da CIA, encontrasse o melhor médium do país. A lista de candidatos foi fornecida em menos de 10 minutos.

– Cassandra Dixon, 35 anos. Ela é neta de Jeane Dixon, a mulher que previu o assassinato do presidente Kennedy. Ao que parece, é a melhor médium que temos no momento – disse o secretário da Defesa a Deborah.

– Tragam-na aqui agora. Vocês têm uma hora – era uma ordem presidencial.

Assim, a médium número um dos Estados Unidos, Cassandra Dixon, foi convocada pela chefe da Casa Branca.

– Os Estados Unidos dispararam trezentos MBICs contra a Rússia e todos os trezentos mísseis de repente desapareceram do nosso radar – Deborah relatou a

Cassandra. – E tem mais: todos os nossos bombardeiros estratégicos U-2 tiveram falhas no meio do voo. Que raios está acontecendo? Você é uma médium, não é? Conte-me o que está ocorrendo.

– Há uma médium muito poderosa no Japão – Cassandra respondeu. – O poder dela talvez até supere o de Jesus. Nenhum dos meus poderes, nem minha visão remota, nem meu controle mental remoto, nem sequer a capacidade de mover objetos à distância tem efeito sobre essa mulher. Ela deve ser uma das protetoras mais poderosas de Deus.

– Você está dizendo que uma médium japonesa derrubou trezentos MBICs americanos? Não é possível. Temos uma aliança EUA-Japão, e a Rússia deve ser inimiga deles.

– Bem, os militares russos também estão perplexos. Todos os dez mísseis hipersônicos que a Rússia lançou em direção aos Estados Unidos a uma velocidade Mach 20 também desapareceram. Os poderes dela são divinos – disse Cassandra.

— Isso é impossível. Você consegue mudar a trajetória de uma única bala disparada de uma pistola? — quis saber Deborah.

— Se eu pudesse mudar a trajetória de uma bala, trabalharia no filme *Matrix* e ganharia pelo menos 10 milhões de dólares.

— Isso tudo é muito ridículo — disse Deborah. — Então vou mandar nossa Sétima Frota acionar um submarino nuclear e disparar oito mísseis nucleares sobre a Rússia. Use sua clarividência e me diga onde eles vão cair, certo?

Assim, foram disparados oito mísseis nucleares sobre Khabarovsk, Vladivostok, São Petersburgo e Moscou, dois mísseis em cada uma dessas cidades. Mas, de novo, os oito mísseis sumiram do radar assim que deixaram a atmosfera.

— É impossível. Impossível. Faça algo a respeito — disse Deborah.

— Deus deve desprezar as armas nucleares — Cassandra respondeu.

— Ótimo. Então me diga quantos anos de vida me restam.

— Se eu responder isso, a CIA me mata.

— Isso quer dizer que a CIA acha mais fácil acabar comigo do que assassinar Rasputin. Muito bem, para mim já basta.

Tanto o secretário de Defesa quanto o secretário de Estado deram de ombros. Nem a presidente Deborah, nem o presidente Rasputin, nem Cassandra, a médium número um dos Estados Unidos, sabia que 30 quilômetros acima da Terra encontrava-se o ser espacial Yaidron, com sua frota de cem óvnis. Eles não eram captados pelo radar e reagiam a qualquer coisa que atingisse uma velocidade acima de Mach 20, recorrendo ao teletransporte. Para os padrões deles, um MBIC era lento como uma mosca; era facílimo abater um MBIC com suas armas de elétrons.

Yaidron, vestindo um traje azul com um "R" estampado no peito, informou "Ele" telepaticamente no Japão sobre a situação. "Ele" deu uma resposta curta:

– Obrigado, como sempre –. Yaidron respondeu: – Se precisar de nós para alguma missão, por favor, chame-nos a qualquer momento.

Enquanto isso, Agnes estava preocupada. Achava que, se o Japão continuasse como estava, poderia ser abandonado pelo amor de Deus. "Deus certamente traria algum tipo de punição divina para os 125 milhões de japoneses que viviam de maneira egoísta e indiferente, buscando apenas os prazeres mundanos, sem saber distinguir o bem do mal, o Céu do Inferno, os anjos dos demônios", pensou ela.

O Grande Terremoto Hanshin-Awaji, de 17 de janeiro de 1995, impediu o Japão de alcançar maior desenvolvimento e prosperidade. Milhares de pessoas morreram, mas nem assim os japoneses passaram a ter maior fé.

Em 11 de março de 2011, foram perdidas quase 20 mil vidas no Grande Terremoto do Leste do Japão e no subsequente grande tsunami, mas mesmo naquela época as pessoas não fortaleceram sua fé em Deus.

Em vez disso, quando uma pessoa afirmava que o desastre natural havia sido um "castigo de Deus" ou um "castigo de Buda", era ofendida pelos japoneses, acusada de não ter consciência dos direitos humanos. Então, o ódio das pessoas voltou-se para as usinas de energia nuclear e o aquecimento global.

Quando o coronavírus se espalhou pelo mundo inteiro, o que prevaleceu foi apenas o "totalitarismo da vacinação"; especialistas em doenças infecciosas que cediam ao governo eram considerados como se fossem "agentes de Deus", e os hospitais substituíram os templos religiosos como o "santuário moderno". As pessoas transformaram-se em formigas supervisionadas pela inteligência artificial (IA). Não havia lugar para a fé em Deus nessa democracia baseada em vigilância por IA. O Japão foi rapidamente ficando mais semelhante à China.

Quando o presidente americano Donald King conclamou: "Mantenham as portas das igrejas abertas mesmo que a covid se espalhe!", a mídia, cujos membros se consideravam os deuses da democracia, ridicularizou o presidente, criticando-o por não dar crédito aos princípios da ciência. "Não podemos continuar assim", Agnes pensou. "Algo bem mais terrível está prestes a acontecer". A alma de Agnes previa a próxima grande crise. Então, o monte Fuji entrou em erupção pela primeira vez em trezentos anos. Os painéis solares pararam de funcionar por causa das chuvas de cinzas. O céu acima de Nagoya e de Tóquio ficou encoberto por nuvens de cinzas. "Tenho certeza de que logo haverá um grande terremoto na Região Metropolitana de Tóquio", pensou Agnes. "Pela primeira vez em cem anos, Tóquio será atingida por um terremoto de magnitude 9,0, seguido por tsunami." Agnes decidiu deixar tudo nas mãos de Deus que está no Céu.

17.

O dia finalmente chegou. Três dias após a primeira erupção do monte Fuji em trezentos anos, um grande terremoto epicentral atingiu Tóquio, a capital do Japão. Um terremoto de magnitude 6, nível superior, na escala de intensidade sísmica japonesa não infligiria muitos danos à cidade, mas o terremoto daquele dia começou com três abalos verticais, seguidos por cinco longas ondas sucessivas de fortes oscilações horizontais. A medição oficial da intensidade sísmica nunca chegou a ser anunciada, porque o prédio da Agência de Meteorologia desabou. A Torre de Tóquio, a segunda torre, e a torre da praça Shibuya Scramble também desmoronaram. A emissora de tevê NHK, que estava em reforma, também foi arrasada, e ao longo do parque Yoyogi viam-se barracas azuis com inscrições "NHK" feitas com um marcador grosso.

Dessa vez, nem a TV Asahi, em Roppongi Hills, foi poupada. Os deuses do Japão sempre odiaram as emissoras de esquerda.

A CNN e a BBC fizeram avaliações arbitrárias da intensidade sísmica do Japão. Relataram que o terremoto tivera magnitude 9,0, ou acima de 7 na escala de intensidade sísmica japonesa.

Estima-se que esse terremoto, ocorrido no horário de pico do início da manhã, matou mais de 2 milhões de pessoas. Os danos se estenderam por toda a Região Metropolitana de Tóquio, e ainda levaria uma semana para avaliar a dimensão real da destruição.

Além disso, um grande tsunami atingiu Tóquio justamente na maré alta, logo após a hora do almoço. Não se viam mais edifícios altos, e os mais baixos estavam todos submersos.

Circularam boatos de que esse terremoto teria sido cem vezes maior e mais intenso do que o Grande Terremoto do Leste de Japão, mas não havia mais empresas jornalísticas na Região Metropolitana de

Tóquio que pudessem fazer circular uma edição extraordinária sobre o terremoto.

As tevês e os jornais do oeste do Japão aos poucos foram desvendando os fatos. Para os habitantes de Tóquio, esse dia foi algo como o último dia da humanidade. O Japão perdera o seu cérebro.

Agnes subiu até o telhado logo acima do terceiro andar de um prédio protegido, em Ikedayama. Muitas áreas de Tóquio ficavam ao nível do mar, portanto o centro da cidade fora engolido pelas águas lamacentas e transformado num lago.

Ikedayama ficava numa elevação de mais de 30 metros, e a cobertura estava agora mais de 40 metros acima do nível do mar. Ainda levaria alguns dias para que a água recuasse, mas, como era de se esperar de um ex-alojamento para juízes da Suprema Corte, o edifício não desabou, apesar de suas paredes terem trincado.

Botes de borracha já haviam sido enviados para perto da Estação Gotanda.

De repente, Agnes ouviu o som de um helicóptero sobrevoando. O vice-ministro Manobe e a diretora-assistente Kazumi Suzumoto desceram na cobertura do prédio.

– Senhorita Agnes, tudo bem? – Manobe perguntou.

– Sim, sem problemas. O tsunami não subiu além dos 30 metros – Agnes respondeu.

– "Ele" já havia me instruído a mantê-la num abrigo pelo menos 30 metros acima do nível do mar – disse Suzumoto.

– Talvez demore um mês para que a situação volte ao normal, mas pelo menos as cinzas vulcânicas já foram levadas embora – disse Manobe. – A Torre de Tóquio e a segunda torre desabaram, mas a eletricidade ainda nem foi restabelecida, para começo de conversa. Estamos discutindo com o Ministério da Terra, Infraestrutura, Transporte e Turismo que talvez seja o caso de aproveitar essa oportunidade e refazer os postes e as linhas de energia. É inconveniente para os helicópteros decolarem e pousarem se houver muitos fios elétricos.

Manobe previra que a cidade inteira de Tóquio estava vulnerável a ataques por mísseis nucleares e poderia ser transformada num mar de fogo, portanto estava preparado para aceitar quaisquer danos. Mas agora se sentia aliviado por ter enviado a Força de Autodefesa Marítima para mar aberto com antecedência; isso significava que ainda tinham capacidade militar. Também sentia alívio por ser capaz ainda de mobilizar as Forças de Autodefesa estacionadas no distrito metropolitano do norte de Tóquio e no nordeste do Japão.

Agnes refletia sobre o tamanho dos danos que a economia japonesa sofreria. Também intuía que os desastres naturais ao redor do mundo estavam apenas começando. Ao observar a área inundada na parte central da grande Tóquio, Agnes pensou nos inúmeros incidentes similares que deveriam ter ocorrido em civilizações passadas.

Enquanto isso, Manobe ponderava que o Japão talvez não fosse se envolver por enquanto em nenhum conflito nuclear, graças a esse grande terremoto. Um novo líder político irá certamente emergir, pensou. O coronavírus, a guerra mundial, o grande terremoto e um tsunami devastador.

O governo dos EUA disse que ofereceria assistência militar para ajudar a recuperar o Japão, portanto aquele país provavelmente passaria do modo "matar pessoas" para o modo "ajudar pessoas". As pessoas constroem amizades no infortúnio, mas em meio à felicidade as pessoas costumam tornar-se autocentradas e egoístas. Ninguém pensa em Deus ou Buda no meio de uma disputa de hegemonia; mas, depois de uma catástrofe, haverá mais pessoas com coração puro que acreditam em Deus e Buda.

– "Ele" está dizendo que logo irá interromper a erupção do monte Fuji – disse Manobe. – Parece que ele ainda tem um trabalho importante a fazer, e espera contar com Agnes.

— Será que esta bela moça de vinte e poucos anos precisa continuar sendo pregada na cruz? — perguntou o chefe Yamane, que protegia Agnes e parecia um pouco cansado.

— Armas e aikidô são inúteis contra um grande terremoto. Isso me fez perceber o quanto meu poder é limitado — murmurou a agente Haruka Kazami.

— Não sabemos nem sequer se vamos conseguir arrumar comida — interveio Chiemi Anzai. — Esse tempo todo, fiquei pensando que éramos os únicos dedicados a proteger esta cidade, mas agora percebo que as atividades policiais só podem ser realizadas quando a cidade está tranquila. A maioria das lojas de conveniência fica no térreo, então estão todas submersas. A única coisa em que consigo pensar agora é em macarrão e lámen instantâneos. Vamos ter que passar a noite à luz de velas. Duvido que a eletricidade seja restaurada logo.

— Estou orgulhoso de mim mesmo por ter conseguido proteger a senhorita Agnes no meio desse grande terremoto e tsunami. Nosso trabalho é continuar cuidando da segurança dela – disse Kazuo Minegishi.

– Senhorita Kazumi Suzumoto, já pensou em garantir nossos suprimentos básicos, não é? – Susumu Takarada piscou para ela.

– Sim. Afinal, as Forças de Autodefesa sempre levam a logística muito a sério. Bem, de qualquer jeito, vou preparar os suprimentos essenciais até à noite – disse Suzumoto. Toda a equipe do Serviço Secreto respirou aliviada.

18.

Naquele dia, Agnes foi enviada ao topo do monte Soun, em Hakone, no helicóptero das Forças de Autodefesa. "Ele" já a aguardava ali, de braços cruzados, vestindo um quimono.

A Prefeitura de Shizuoka também sofria com fluxos piroclásticos sendo despejados no oceano. O mesmo ocorria na Prefeitura de Kanagawa. O monte Fuji expelia bombas vulcânicas de tempos em tempos, e gás vulcânico cobria todo o céu.

Embora fosse o primeiro contato de Agnes com "Ele", ela sentia como se já o conhecesse há muito tempo. Lembrou-se das emoções que sentiu ao conhecer o Senhor Deus no Céu; aquilo fez seu coração disparar, e um fluxo de sangue enrubesceu suas faces.

"Ele" abriu bem os braços e falou: – Observe com atenção a obra de seu Pai.

– Ó Deus Ame-no-Mioya-Gami, o mais antigo Deus do Japão que desceu da galáxia de Andrômeda para esta terra de Yamato há 30 mil anos. Que possa reviver seu poder. E, uma vez mais, mostre à China seu poder, que expulsou as tribos bárbaras chinesas, como o Deus Gigante Pan Gu.

Dizendo isso, "Ele" virou as palmas das mãos para cima e ergueu os braços. Um rugido estrondoso ecoou do distrito de Gora; foi como se a terra estivesse se erguendo com violência. Tudo foi levado pelos ares, desde a fileira de pousadas até as ferrovias no distrito de Gora. A crosta dura da terra parecia um casco de tartaruga rachado em pequenos fragmentos, e uma gigantesca nave espacial aerodinâmica, com várias centenas de metros de comprimento, subiu à superfície. O corpo daquela nave brilhava em preto, e viam-se presos ao casco pequenos objetos elétricos, esféricos, disparando centelhas de luz em todas as direções.

Uma frota de cerca de mil óvnis preenchia o céu acima daquela gigantesca espaçonave. Vários jatos F-35 das Forças de Autodefesa fizeram algumas evoluções, mas logo voltaram às suas bases diante da grandiosidade daquela nave espacial.

A nave-mãe, *Andromeda Galaxy*, tinha pelo menos 800 metros de comprimento e 200 metros de largura. Perto dali, óvnis de escolta, com cerca de 200 metros de diâmetro cada um, comandados pelos seres espaciais Yaidron, R. A. Goal e Metatron, guardavam a grande nave.

Um óvni foi enviado da nave-mãe para o monte Soun. Parecia um disco voador, e tinha cerca de 30 metros de diâmetro. O óvni aterrissou, sua escotilha se abriu e uma escada translúcida foi estendida automaticamente. Quando "Ele" – sim, El Cantare – e Agnes colocaram os pés no degrau, a escada puxou-os para o interior da nave e a escotilha foi fechada.

O óvni no qual acabavam de entrar foi sugado para o interior da nave-mãe, a *Andromeda Galaxy*, que continuava flutuando no ar.

Os dois foram conduzidos até uma sala com um grande monitor que parecia uma plataforma de observação. Todos os cuidadores eram androides com a forma de mulheres japonesas.

Agnes olhou à sua direita e viu que de repente "Ele" estava com uma roupa diferente: um traje azul-marinho com a inscrição R.O. no peito. Agnes notou que agora ela também vestia outra roupa, cor-de-rosa, com a mesma inscrição R.O. no peito.

– Vamos – a nave-mãe subiu ainda mais alto na atmosfera. O monte Fuji ficava cada vez menor.

El Cantare falou.

– Há 30 mil anos, pousamos no Segundo Fuji, que existia bem ao lado do monte Fuji. E criamos uma nova civilização nesse país. A civilização se espalhou para a China e a península coreana, iluminando as pessoas que ali viviam, e guiou a Índia e o lendário Império Mu para a prosperidade.

– Lembro-me bem disso. Na época, eu chamava o senhor de "Pai" – disse Agnes.

El Cantare sorriu e disse: – Vamos começar?

No monitor, viam-se emergir ilhas na superfície,

uma a uma, no lado do Pacífico do Japão. Então, um novo continente começou a se erguer acima das águas em direção à Indonésia. O continente parecia ter mais ou menos o tamanho da Austrália.

– Este é o novo continente de Mu – disse ele. – Nasci como Ra Mu, o Grande Rei da Luz do Império Mu, há 16 mil anos.

– Isso é tão amplamente conhecido que até alguém como eu já sabia – disse Agnes.

– Mas, depois disso, a civilização Mu mergulhou no deísmo por mil anos. As pessoas passaram a negar todas as ideias e fenômenos místicos, e tudo o que não fosse racional era considerado irreal.

Agnes assentiu.

– Então, o continente afundou em três estágios.

– Outro relato afirma que a civilização afundou da noite para o dia.

"Ele" prosseguiu.

– Se o Japão continuar desse jeito, com todo esse ateísmo, materialismo, cientificismo e as tradições equivocadas que começaram com Kant – a ideia de que tudo o que está além da razão humana não tem valor acadêmico e não é verdadeiro –, se tudo isso continuar prevalecendo na Terra, terei que destruir essa Sétima Civilização. Decidi salvar apenas aqueles que têm um coração justo. Permitirei que só essas almas reencarnem. A Terra precisa ser purificada. Observe com atenção o que está prestes a acontecer, Agnes. A Sétima Civilização vai desaparecer e nascerá a Oitava Civilização.

Agnes grudou os olhos no monitor.

A tela mostrou os Estados Unidos da América começando a afundar no mar, primeiro pela Costa Oeste. A última nação líder da civilização da Terra foi perecendo, com incontáveis armas nucleares. No monitor, Agnes viu a presidente Deborah flutuando entre as ondas do oceano até ser comida por tubarões.

Enquanto isso, o continente da Nova Atlântida se ergueu ao redor das águas das Bermudas. Um grupo de pessoas que aceitou as revelações de Deus com a mente aberta conseguiu chegar à Nova Atlântida.

A Rússia também começou a afundar no oceano – especialmente os locais que abrigavam silos de armas nucleares. Os glaciares no oceano Ártico derreteram e a água invadiu o território russo. Até o presidente Rasputin e seus assessores foram levados para as profundezas do oceano enquanto rezavam na catedral.

Na Europa, granizos destruíam um edifício atrás do outro com sua força avassaladora. Em seguida, bolas de fogo caíram sobre os países da União Europeia como chuva e tempestade. A UE e a Grã-Bretanha também afundaram no oceano sem deixar vestígios de civilização.

Na África, irrompeu uma tremenda onda de chamas que queimou todas as terras. Nas regiões islâmicas, da África até o Oriente Médio, pessoas desesperadas chamavam o nome de Alá em suas mesquitas, mas não havia nada que pudesse ser feito, pois era o próprio Alá que estava criando aquela devastação.

Alá não perdoara o Islã por seu infindável terrorismo. O subcontinente indiano, o Paquistão e a Ásia Central também foram varridos por um imenso tsunami e submergiram no oceano, deixando à mostra apenas as montanhas do Himalaia.

Muitas religiões politeístas na Índia tinham um nível muito baixo, e o Senhor Deus não permitiu que continuassem existindo.

O Senhor Deus tampouco tinha intenção de ignorar as regiões que viviam guerras infindáveis: Israel, Palestina, Irã e Iraque. Caíram tempestades de granizo e bolas de fogo suficientes na região até essas civilizações afundarem no mar.

O Senhor Deus permitiu, em seguida, que emergisse do oceano Índico o legendário continente da Lemúria. As pessoas de coração puro e a alma delas ganharam a chance de viver nessa terra como seres humanos.

Da mesma forma, as Américas Central e do Sul foram atingidas por intensos terremotos, explosões vulcânicas e grandes tsunamis. Suas civilizações também tiveram fim, restando apenas as grandes montanhas.

– Bom – disse ele, e o enorme óvni e sua frota se moveram para o espaço acima da China.

El Cantare falou.

– A civilização chinesa e a civilização da península coreana não podem ser poupadas. Já tomei minha decisão. Elas serão destruídas.

Uma gigantesca fenda em forma de cruz surgiu no continente chinês, e os 700 milhões de pessoas que haviam conseguido sobreviver acabaram engolidos pela água do mar.

A península coreana despareceu da face da Terra.

"Ele" virou-se, olhou para Agnes e perguntou: – E agora, o que você gostaria de fazer com o Japão?

– O que o Senhor desejar – Agnes respondeu.

Granizo e bolas de fogo choveram sobre os diversos centros urbanos ao longo de todo o arquipélago japonês.

Centenas de milhares de raios caíram dos céus.

— Aqueles que conseguirem sobreviver deverão estabelecer uma civilização no novo continente de Mu. E assim o mapa do mundo foi redesenhado de maneira drástica.

Os recém-formados continentes de Nova Atlântida e de Mu, Nova Lemúria, Austrália e algumas antigas civilizações que restaram em ilhas separadas — elas serão o início da Oitava Civilização.

— Pai, acho que já é suficiente — disse Agnes.

— Talvez você esteja certa — disse El Cantare.

— O que faremos agora?

— Vamos expulsar os seres espaciais malignos que estão aninhados no lado escuro da Lua e em Marte. Depois, o que acha de retornarmos à galáxia de Andrômeda por enquanto? — sugeriu El Cantare.

— Certo, mas daqui a mil anos vamos voltar para ver como estão indo as coisas — disse Agnes.

— Quando isso acontecer você será um novo deus — respondeu El Cantare. — O Universo é infinitamente vasto. Preciso inspecionar outros planetas do Messias assim que voltarmos à galáxia de Andrômeda.

A nave-mãe que transportava El Cantare desapareceu, disparando rumo ao infinito.

(Fim da história)

19.

O oceano Pacífico era infinitamente vasto e abundante em água. Um homem e uma mulher compartilhavam um bote de borracha.

– Quanto tempo ainda preciso continuar remando até chegarmos a um novo continente? – o homem perguntou.

– Força e resiliência são seus pontos fortes, portanto reme até morrer. Estamos sem caranguejo enlatado, então, se você morrer primeiro, vou cortar seu corpo como peixe cru e comê-lo. Esta faca de sobrevivência aqui virá a calhar – disse a mulher.

– Palavras como amor ou compaixão não constam no seu dicionário?

– Seja como for, mesmo que a gente consiga chegar a alguma ilha, não teremos trabalho.

– Eu serei o Adão da nova era, e você, a Eva. E juntos iniciaremos uma nova era. O que você me diz? Não é romântico?

– Hum, e que tal se você se tornar primeiro-ministro e eu secretária-chefe do gabinete?

– Mas não temos cidadãos.

– Vamos ordenar que todos os seres vivos de qualquer ilha sejam o nosso "povo".

– É, mas talvez levemos mais jeito como policiais que prendem cobras e macacos.

Os dois eram o chefe Naoyuki Yamane, da Primeira Divisão de Investigação Criminal do Departamento de Polícia Metropolitana de Tóquio, e a chefe Haruka Kazami, da Agência de Segurança Pública.

Nesse instante, um pequeno buraco negro apareceu no céu.

Uma pomba branca saiu de lá voando.

A pomba trazia no bico um envelope branco e deixou-o cair no bote de borracha.

O envelope continha uma carta manuscrita.

Querido chefe Yamane:

Conhecendo-o bem, tenho certeza de que sobreviveu a todas aquelas crises. Desde a última vez que nos vimos, lutei ao lado do Senhor El Cantare para derrotar alienígenas mal-intencionados no lado escuro da Lua e em Marte – os verdadeiros responsáveis por todos esses tumultos na Terra.

Voltamos em seguida à galáxia de Andrômeda. Aqui fui recebida por muitos rostos familiares, e estou agora em autorreflexão, tentando compreender se fui capaz de cumprir meu dever como um dos Serafins.

Não fui capaz de salvar a Terra. Mas, embora a Sétima Civilização tenha perecido, acredito que a nova Oitava Civilização está prestes a começar. Talvez demore uns mil anos, pela nossa noção de tempo, ou apenas um mês, pela sua.

Recebi permissão para renascer no Novo Continente de Mu. Meu dever como salvadora ainda não foi concluído. Por favor, espere por mim, ar-

canjo Gabriel. A verdadeira reconstrução começará em breve.

Agnes

Assim terminava a carta.

Era como uma chuva abençoada depois de uma seca.

Era uma Boa Nova, anunciando que as novas rodas logo começariam a girar.

Como será essa nova civilização?

Chegará a ser uma civilização na qual os anjos podem fazer aparições?

O coração de Yamane foi preenchido por uma nova esperança, enquanto Kazami cutucava suas costas.

FIM

SOBRE O AUTOR

Fundador e CEO do Grupo Happy Science.
Ryuho Okawa nasceu em 7 de julho de 1956, em Tokushima, no Japão. Após graduar-se na Universidade de Tóquio, juntou-se a uma empresa mercantil com sede em Tóquio. Enquanto trabalhava na matriz de Nova York, estudou Finanças Internacionais no Graduate Center of the City University of New York. Em 23 de março de 1981, alcançou a Grande Iluminação e despertou para Sua consciência central, El Cantare – cuja missão é trazer felicidade para a humanidade.

Em 1986, fundou a Happy Science, que atualmente expandiu-se para mais de 165 países, com mais de 700 templos e 10 mil casas missionárias ao redor do mundo.

O mestre Ryuho Okawa realizou mais de 3.450 palestras, sendo mais de 150 em inglês. Ele tem mais de 3.050 livros publicados (sendo mais de 600 mensagens espirituais) – traduzidos para mais de 40 línguas –, muitos dos quais se tornaram *best-sellers* e alcançaram a casa dos milhões de exemplares vendidos, inclusive *As Leis do Sol* e *As Leis De Messias*. Ele é o produtor executivo dos filmes da Happy Science (até o momento, 25 obras produzidas), sendo o responsável pela história e pelo conceito original deles, além de ser o compositor de mais de 450 músicas, inclusive músicas-tema de filmes.

Ele é também o fundador da Happy Science University, da Happy Science Academy, do Partido da Realização da Felicidade, fundador e diretor honorário do Instituto Happy Science de Governo e Gestão, fundador da Editora IRH Press e presidente da NEW STAR PRODUCTION Co. Ltd. e ARI Production Co. Ltd.

GRANDES CONFERÊNCIAS TRANSMITIDAS PARA O MUNDO TODO

As grandes conferências do mestre Ryuho Okawa são transmitidas ao vivo para várias partes do mundo. Em cada uma delas, ele transmite, na posição de Mestre do Mundo, desde ensinamentos sobre o coração para termos uma vida feliz, até diretrizes para a política e a economia internacional e as numerosas questões globais – como os confrontos religiosos e os conflitos que ocorrem em diversas partes do planeta –, para que o mundo possa concretizar um futuro de prosperidade ainda maior.

7/7/2022: "Seja Independente e Forte"
Saitama Super Arena

6/10/2019: "A Razão pela qual Estamos Aqui"
The Westin Harbour Castle, Toronto

3/3/2019: "O Amor Supera o Ódio"
Grand Hyatt Taipei

O Estigma Oculto 2 <A Ressurreição>

O QUE É EL CANTARE?

El Cantare é o Deus da Terra e é o Deus Primordial do grupo espiritual terrestre. Ele é a existência suprema a quem Jesus chamou de Pai, e é Ame-no-Mioya-Gami, Senhor Deus japonês. El Cantare enviou partes de sua alma à Terra, tais como Buda Shakyamuni e Hermes, para guiar a humanidade e desenvolver as civilizações. Atualmente, a consciência central de El Cantare desceu à Terra como Mestre Ryuho Okawa e está pregando ensinamentos para unir as religiões e integrar vários campos de estudo a fim de guiar toda a humanidade à verdadeira felicidade.

Alpha: parte da consciência central de El Cantare, que desceu à Terra há cerca de 330 milhões de anos. Alpha pregou as Verdades da Terra para harmonizar e unificar os humanos nascidos na Terra e os seres do espaço que vieram de outros planetas.

Elohim: parte da consciência central de El Cantare, que desceu à Terra há cerca de 150 milhões de anos. Ele pregou sobre a sabedoria, principalmente sobre as diferenças entre luz e trevas, bem e mal.

Ame-no-Mioya-Gami: Ame-no-Mioya-Gami (Senhor Deus japonês) é o Deus Criador e ancestral original do povo japonês que aparece na literatura da antiguidade, *Hotsuma Tsutae*. É dito que Ele desceu na região do Monte Fuji 30 mil anos atrás e construiu a dinastia Fuji, que é a raiz da civilização japonesa.

Centrados na justiça, os ensinamentos de Ame-no-Mioya-Gami espalharam-se pelas civilizações antigas de outros países do mundo.

Buda Shakyamuni: Sidarta Gautama nasceu como príncipe do clã Shakya, na Índia, há cerca de 2.600 anos. Aos 29 anos, renunciou ao mundo e ordenou-se em busca de iluminação. Mais tarde, alcançou a Grande Iluminação e fundou o budismo.

Hermes: na mitologia grega, Hermes é considerado um dos doze deuses do Olimpo. Porém, a verdade espiritual é que ele foi um herói da vida real que, há cerca de 4.300 anos, pregou os ensinamentos do amor e do desenvolvimento que se tornaram a base da civilização ocidental.

Ophealis: nasceu na Grécia há cerca de 6.500 anos e liderou uma expedição até o distante Egito. Ele é o deus dos milagres, da prosperidade e das artes, e também é conhecido como Osíris na mitologia egípcia.

Rient Arl Croud: nasceu como rei do antigo Império Inca há cerca de 7.000 anos e ensinou sobre os mistérios da mente. No mundo celestial, ele é o responsável pelas interações que ocorrem entre vários planetas.

Thoth: foi um líder onipotente que construiu a era dourada da civilização de Atlântida há cerca de 12 mil anos. Na mitologia egípcia, ele é conhecido como o deus Thoth.

Ra Mu: foi o líder responsável pela instauração da era dourada da civilização de Mu, há cerca de 17 mil anos. Como líder religioso e político, ele governou unificando a religião e a política.

SOBRE A HAPPY SCIENCE

A Happy Science é um movimento global que capacita as pessoas a encontrar um propósito de vida e felicidade espiritual, e a compartilhar essa felicidade com a família, a sociedade e o planeta. Com mais de 12 milhões de membros em todo o globo, ela visa aumentar a consciência das verdades espirituais e expandir nossa capacidade de amor, compaixão e alegria, para que juntos possamos criar o tipo de mundo no qual todos desejamos viver. Seus ensinamentos baseiam-se nos Princípios da Felicidade – Amor, Conhecimento, Reflexão e Desenvolvimento –, que abraçam filosofias e crenças mundiais, transcendendo as fronteiras da cultura e das religiões.

O **amor** nos ensina a dar livremente sem esperar nada em troca; amar significa dar, nutrir e perdoar.

O **conhecimento** nos leva às ideias das verdades espirituais e nos abre para o verdadeiro significado da vida e da vontade de Deus – o universo, o poder mais alto, Buda.

A **reflexão** propicia uma atenção consciente, sem o julgamento de nossos pensamentos e ações, a fim de nos ajudar a encontrar o nosso eu verdadeiro – a essência de nossa alma – e aprofundar nossa conexão com o poder mais alto. Isso nos permite alcançar uma mente limpa e pacífica e nos leva ao caminho certo da vida.

O **desenvolvimento** enfatiza os aspectos positivos e dinâmicos do nosso crescimento espiritual: ações que podemos adotar para manifestar e espalhar a felicidade pelo planeta. É um caminho que não apenas expande o crescimento de nossa alma, como também promove o potencial coletivo do mundo em que vivemos.

PROGRAMAS E EVENTOS

Os templos da Happy Science oferecem regularmente eventos, programas e seminários. Junte-se às nossas sessões de meditação, assista às nossas palestras, participe dos grupos de estudo, seminários e eventos literários. Nossos programas ajudarão você a:
- aprofundar sua compreensão do propósito e significado da vida;
- melhorar seus relacionamentos conforme você aprende a amar incondicionalmente;
- aprender a tranquilizar a mente, mesmo em dias muito estressantes, pela prática da contemplação e da meditação;
- aprender a superar os desafios da vida e muito mais.

CONTATOS

A Happy Science é uma organização mundial, com centros de fé espalhados pelo globo. Para ver a lista completa dos centros, visite a página happy-science.org (em inglês). A seguir encontram-se alguns dos endereços da Happy Science:

BRASIL

São Paulo (Matriz)
Rua Domingos de Morais 1154,
Vila Mariana, São Paulo, SP
CEP 04010-100, Brasil
Tel.: 55-11-5088-3800
E-mail: sp@happy-science.org
Website: happyscience.com.br

São Paulo (Zona Sul)
Rua Domingos de Morais 1154,
Vila Mariana, São Paulo, SP
CEP 04010-100, Brasil
Tel.: 55-11-5088-3800
E-mail: sp_sul@happy-science.org

São Paulo (Zona Leste)
Rua Itapeti 860, sobreloja
Tatuapé, São Paulo, SP
CEP 03324-002, Brasil
Tel.: 55-11-2295-8500
E-mail: sp_leste@happy-science.org

São Paulo (Zona Oeste)
Rua Rio Azul 194,
Vila Sônia, São Paulo, SP
CEP 05519-120, Brasil
Tel.: 55-11-3061-5400
E-mail: sp_oeste@happy-science.org

Campinas
Rua Joana de Gusmão 108,
Jd. Guanabara, Campinas, SP
CEP 13073-370, Brasil
Tel.: 55-19-4101-5559

Capão Bonito
Rua General Carneiro 306,
Centro, Capão Bonito, SP
CEP 18300-030, Brasil
Tel.: 55-15-3543-2010

Jundiaí
Rua Congo 447,
Jd. Bonfiglioli, Jundiaí, SP
CEP 13207-340, Brasil
Tel.: 55-11-4587-5952
E-mail: jundiai@happy-science.org

Londrina
Rua Piauí 399, 1º andar, sala 103,
Centro, Londrina, PR
CEP 86010-420, Brasil
Tel.: 55-43-3322-9073

Santos / São Vicente
Tel.: 55-13-99158-4589
E-mail: santos@happy-science.org

Sorocaba
Rua Dr. Álvaro Soares 195, sala 3,
Centro, Sorocaba, SP
CEP 18010-190, Brasil
Tel.: 55-15-3359-1601
E-mail: sorocaba@happy-science.org

Rio de Janeiro
Rua Barão do Flamengo 32, 10º andar,
Flamengo, Rio de Janeiro, RJ
CEP 22220-080, Brasil
Tel.: 55-21-3486-6987
E-mail: riodejaneiro@happy-science.org

ESTADOS UNIDOS E CANADÁ

Nova York
79 Franklin St.,
Nova York, NY 10013
Tel.: 1-212-343-7972
Fax: 1-212-343-7973
E-mail: ny@happy-science.org
Website: happyscience-usa.org

Los Angeles
1590 E. Del Mar Blvd.,
Pasadena, CA 91106
Tel.: 1-626-395-7775
Fax: 1-626-395-7776
E-mail: la@happy-science.org
Website: happyscience-usa.org

São Francisco
525 Clinton St.,
Redwood City, CA 94062
Tel./Fax: 1-650-363-2777
E-mail: sf@happy-science.org
Website: happyscience-usa.org

Havaí – Honolulu
Tel.: 1-808-591-9772
Fax: 1-808-591-9776
E-mail: hi@happy-science.org
Website: happyscience-usa.org

Havaí – Kauai
4504 Kukui Street,
Dragon Building Suite 21,
Kapaa, HI 96746
Tel.: 1-808-822-7007
Fax: 1-808-822-6007
E-mail: kauai-hi@happy-science.org
Website: happyscience-usa.org

Flórida
5208 8th St., Zephyrhills,
Flórida 33542
Tel.: 1-813-715-0000
Fax: 1-813-715-0010
E-mail: florida@happy-science.org
Website: happyscience-usa.org

Toronto (Canadá)
845 The Queensway Etobicoke,
ON M8Z 1N6, Canadá
Tel.: 1-416-901-3747
E-mail: toronto@happy-science.org
Website: happy-science.ca

O Estigma Oculto 2 <A Ressurreição>

INTERNACIONAL

Tóquio
1-6-7 Togoshi, Shinagawa
Tóquio, 142-0041, Japão
Tel.: 81-3-6384-5770
Fax: 81-3-6384-5776
E-mail: tokyo@happy-science.org
Website: happy-science.org

Londres
3 Margaret St.,
Londres, W1W 8RE, Reino Unido
Tel.: 44-20-7323-9255
Fax: 44-20-7323-9344
E-mail: eu@happy-science.org
Website: happyscience-uk.org

Sydney
516 Pacific Hwy, Lane Cove North,
NSW 2066, Austrália
Tel.: 61-2-9411-2877
Fax: 61-2-9411-2822
E-mail: sydney@happy-science.org
Website: happyscience.org.au

Kathmandu
Kathmandu Metropolitan City
Ward Nº 15, Ring Road, Kimdol,
Sitapaila Kathmandu, Nepal
Tel.: 977-1-427-2931
E-mail: nepal@happy-science.org

Kampala
Plot 877 Rubaga Road, Kampala
P.O. Box 34130, Kampala, Uganda
Tel.: 256-79-3238-002
E-mail: uganda@happy-science.org

Paris
56-60 rue Fondary 75015
Paris, França
Tel.: 33-9-50-40-11-10
Website: www.happyscience-fr.org

Berlim
Rheinstr. 63, 12159
Berlim, Alemanha
Tel.: 49-30-7895-7477
E-mail: kontakt@happy-science.de

Seul
74, Sadang-ro 27-gil,
Dongjak-gu, Seoul, Coreia do Sul
Tel.: 82-2-3478-8777
Fax: 82-2- 3478-9777
E-mail: korea@happy-science.org

Taipé
No 89, Lane 155, Dunhua N. Road.,
Songshan District, Cidade de Taipé 105,
Taiwan
Tel.: 886-2-2719-9377
Fax: 886-2-2719-5570
E-mail: taiwan@happy-science.org

Kuala Lumpur
No 22A, Block 2, Jalil Link Jalan
Jalil Jaya 2, Bukit Jalil 57000, Kuala
Lumpur, Malásia
Tel.: 60-3-8998-7877
Fax: 60-3-8998-7977
E-mail: malaysia@happy-science.org
Website: happyscience.org.my

A Série *O Estigma Oculto*

O Estigma Oculto 1
<O Mistério>
IRH Press do Brasil

Ryuho Okawa lança seu primeiro romance de suspense espiritual, que faz parte da Série *O Estigma Oculto*. Diversas mortes misteriosas começam a ocorrer na vibrante e moderna Tóquio. A polícia logo percebe que solucionar esses casos será um desafio enorme, já que as vítimas não apresentam nenhum tipo de ferimento e não há nenhuma pista do possível agressor. Mais tarde, esses misteriosos assassinatos em série apontam para uma jovem freira... Um novo gênero de mistério, este romance envolvente e cheio de reviravoltas convida você a entrar num mundo de sensações totalmente novo.

O Estigma Oculto 3
<O Universo>
IRH Press do Brasil

Nesta surpreendente sequência das duas primeiras partes da série *O Estigma Oculto*, a protagonista viaja pelo Universo e encontra um mundo místico desconhecido pela humanidade. Surpreenda-se com o que a espera além deste mundo repleto de mistérios.

OUTROS LIVROS DE RYUHO OKAWA

SÉRIE LEIS

As Leis do Sol – A Gênese e o Plano de Deus
IRH Press do Brasil

Ao compreender as leis naturais que regem o universo e desenvolver sabedoria pela reflexão com base nos Oito Corretos Caminhos, o autor mostra como acelerar nosso processo de desenvolvimento e ascensão espiritual. Edição revista e ampliada.

As Leis De Messias – Do Amor ao Amor
IRH Press do Brasil

Okawa fala sobre temas fundamentais, como o amor de Deus, a fé verdadeira e o que os seres humanos não podem perder de vista ao longo do treinamento de sua alma na Terra. Ele revela os segredos de Shambala, o centro espiritual da Terra, e por que devemos protegê-lo.

As Leis da Coragem – Seja como uma Flama Ardente e Libere Seu Verdadeiro Potencial – IRH Press do Brasil

Os fracassos são como troféus de sua juventude. Você precisa extrair algo valioso deles. De dicas práticas para formar amizades duradouras a soluções universais para o ódio e o sofrimento, Okawa nos ensina a transformar os obstáculos em alimento para a alma.

As Leis do Segredo
A Nova Visão de Mundo que Mudará Sua Vida
IRH Press do Brasil

Qual é a Verdade espiritual que permeia o universo? Que influências invisíveis aos olhos sofremos no dia a dia? Como podemos tornar nossa vida mais significativa? Abra sua mente para a visão de mundo apresentada neste livro e torne-se a pessoa que levará coragem e esperança aos outros aonde quer que você vá.

As Leis de Aço
Viva com Resiliência, Confiança e Prosperidade
IRH Press do Brasil

A palavra "aço" refere-se à nossa verdadeira força e resiliência como filhos de Deus. Temos o poder interior de manifestar felicidade e prosperidade, e superar qualquer mal ou conflito que atrapalhe a próxima Era de Ouro.

As Leis do Sucesso – Um Guia Espiritual para Transformar suas Esperanças em Realidade
IRH Press do Brasil

O autor mostra quais são as posturas mentais e atitudes que irão empoderá-lo, inspirando-o para que possa vencer obstáculos e viver cada dia de maneira positiva e com sentido. Aqui está a chave para um novo futuro, cheio de esperança, coragem e felicidade!

As Leis da Invencibilidade
Como Desenvolver uma Mente Estratégica e Gerencial – IRH Press do Brasil

Okawa afirma: "Desejo fervorosamente que todos alcancem a verdadeira felicidade neste mundo e que ela persista na vida após a morte. Um intenso sentimento meu está contido na palavra 'invencibilidade'. Espero que este livro dê coragem e sabedoria àqueles que o leem hoje e às gerações futuras".

As Leis da Sabedoria – Faça Seu Diamante Interior Brilhar – IRH Press do Brasil

A única coisa que o ser humano leva consigo para o outro mundo após a morte é seu coração. E dentro dele reside a sabedoria, a parte que preserva o brilho de um diamante. O mais importante é jogar um raio de luz sobre seu modo de vida e produzir magníficos cristais durante sua preciosa passagem pela Terra.

As Leis da Perseverança – Como Romper os Dogmas da Sociedade e Superar as Fases Difíceis da Vida – IRH Press do Brasil

Você pode vencer os obstáculos da vida apoiando-se numa força especial: a perseverança. O autor compartilha seus segredos no uso da perseverança e do esforço para fortalecer sua mente, superar suas limitações e resistir ao longo do caminho que o levará a uma vitória infalível.

As Leis da Felicidade – Os Quatro Princípios para uma Vida Bem-Sucedida – Editora Cultrix

Uma introdução básica sobre os Princípios da Felicidade: Amor, Conhecimento, Reflexão e Desenvolvimento. Se as pessoas conseguirem dominá-los, podem fazer sua vida brilhar, tanto neste mundo como no outro, e escapar do sofrimento para alcançar a verdadeira felicidade.

SÉRIE AUTOAJUDA

Vivendo sem estresse – Os Segredos de uma Vida Feliz e Livre de Preocupações – IRH Press do Brasil

Por que passamos por tantos desafios? Deixe os conselhos deste livro e a perspectiva espiritual ajudá-lo a navegar pelas turbulentas ondas do destino com um coração sereno. Melhore seus relacionamentos, aprenda a lidar com as críticas e a inveja, e permita-se sentir os milagres dos Céus.

Os Verdadeiros Oito Corretos Caminhos – Um Guia para a Máxima Autotransformação – IRH Press do Brasil

Neste livro, Okawa nos orienta como aplicar no cotidiano os ensinamentos dos Oito Corretos Caminhos propagados por Buda Shakyamuni e mudar o curso do nosso destino. Descubra este tesouro secreto da humanidade e desperte para um novo "eu", mais feliz, autoconsciente e produtivo.

Twiceborn – Renascido – Partindo do comum até alcançar o extraordinário – IRH Press do Brasil

Twiceborn está repleto de uma sabedoria atemporal que irá incentivar você a não ter medo de ser comum e a vencer o "eu fraco" com esforços contínuos. Eleve seu autoconhecimento, seja independente e desperte para os diversos valores da vida.

Introdução à Alta Administração
Almejando uma Gestão Vencedora
IRH Press do Brasil

Almeje uma gestão vencedora com: os 17 pontos-chave para uma administração de sucesso; a gestão baseada em conhecimento; atitudes essenciais que um gestor deve ter; técnicas para motivar os funcionários; a estratégia para sobreviver a uma recessão.

O Verdadeiro Exorcista – Obtenha Sabedoria para Vencer o Mal – IRH Press do Brasil

Assim como Deus e os anjos existem, também existem demônios e maus espíritos. Esses espíritos maldosos penetram na mente das pessoas, tornando-as infelizes e espalhando infelicidade àqueles ao seu redor. Aqui o autor apresenta métodos poderosos para se defender do ataque repentino desses espíritos.

Mente Próspera – Desenvolva uma
Mentalidade para Atrair Riquezas Infinitas
IRH Press do Brasil

Okawa afirma que não há problema em querer ganhar dinheiro se você procura trazer algum benefício à sociedade. Ele dá orientações valiosas como: a atitude mental de não rejeitar a riqueza, a filosofia do dinheiro é tempo, como manter os espíritos da pobreza afastados, entre outros.

O Milagre da Meditação – Conquiste Paz, Alegria e Poder Interior – IRH Press do Brasil

A meditação pode abrir sua mente para o potencial de transformação que existe dentro de você e conecta sua alma à sabedoria celestial, tudo pela força da fé. Este livro combina o poder da fé e a prática da meditação para ajudá-lo a conquistar paz interior e cultivar uma vida repleta de altruísmo e compaixão.

THINK BIG – Pense Grande
O Poder para Criar o Seu Futuro
IRH Press do Brasil

A ação começa dentro da mente. A capacidade de criar de cada pessoa é limitada por sua capacidade de pensar. Com este livro, você aprenderá o verdadeiro significado do Pensamento Positivo e como usá-lo de forma efetiva para concretizar seus sonhos.

Estou Bem! – 7 Passos para uma Vida Feliz
IRH Press do Brasil

Este livro traz filosofias universais que irão atender às necessidades de qualquer pessoa. Um tesouro repleto de reflexões que transcendem as diferenças culturais, geográficas, religiosas e étnicas. É uma fonte de inspiração e transformação com instruções concretas para uma vida feliz.

A Mente Inabalável – Como Superar as Dificuldades da Vida– IRH Press do Brasil

Para o autor, a melhor solução para lidar com os obstáculos da vida – sejam eles problemas pessoais ou profissionais, tragédias inesperadas ou dificuldades contínuas – é ter uma mente inabalável. E você pode conquistar isso ao adquirir confiança em si mesmo e alcançar o crescimento espiritual.

SÉRIE FELICIDADE

A Verdade sobre o Mundo Espiritual
Guia para uma vida feliz – IRH Press do Brasil

Em forma de perguntas e respostas, este precioso manual vai ajudá-lo a compreender diversas questões importantes sobre o mundo espiritual. Entre elas: o que acontece com as pessoas depois que morrem? Qual é a verdadeira forma do Céu e do Inferno? O tempo de vida de uma pessoa está predeterminado?

Convite à Felicidade
7 Inspirações do Seu Anjo Interior
IRH Press do Brasil

Este livro traz métodos práticos para criar novos hábitos para uma vida mais leve, despreocupada, satisfatória e feliz. Por meio de sete inspirações, você será guiado até o anjo que existe em seu interior: a força que o ajuda a obter coragem e inspiração e ser verdadeiro consigo mesmo.

A Essência de Buda
O Caminho da Iluminação e da Espiritualidade Superior – IRH Press do Brasil

Este guia almeja orientar aqueles que estão em busca da iluminação. Você descobrirá que os fundamentos espiritualistas, tão difundidos hoje, na verdade foram ensinados por Buda Shakyamuni, como os Oito Corretos Caminhos, as Seis Perfeições, a Lei de Causa e Efeito e o Carma, entre outros.

Ame, Nutra e Perdoe
Um Guia Capaz de Iluminar Sua Vida
IRH Press do Brasil

O autor revela os segredos para o crescimento espiritual por meio dos Estágios do amor. Cada estágio representa um nível de elevação. O objetivo do aprimoramento da alma humana na Terra é progredir por esses estágios e conseguir desenvolver uma nova visão do amor.

O Caminho da Felicidade – Torne-se um Anjo na Terra – IRH Press do Brasil

Aqui o leitor vai encontrar a íntegra dos ensinamentos de Ryuho Okawa, que servem de introdução aos que buscam o aperfeiçoamento espiritual: são Verdades Universais que podem transformar sua vida e conduzi-lo para o caminho da felicidade.

Mude Sua Vida, Mude o Mundo – Um Guia Espiritual para Viver Agora – IRH Press do Brasil

Este livro é uma mensagem de esperança, que contém a solução para o estado de crise em que vivemos hoje. É um chamado para nos fazer despertar para a Verdade de nossa ascendência, a fim de que todos nós possamos reconstruir o planeta e transformá-lo numa terra de paz, prosperidade e felicidade.

As Chaves da Felicidade
Os 10 Princípios para Manifestar a Sua Natureza Divina – Editora Cultrix

Neste livro, o autor ensina de forma simples e prática os dez princípios básicos – Felicidade, Amor, Coração, Iluminação, Desenvolvimento, Conhecimento, Utopia, Salvação, Reflexão e Oração – que servem de bússola para nosso crescimento espiritual e nossa felicidade.